Obras da autora publicadas pela Galera Record

Cinderela Pop
Princesa Adormecida
Princesa das Águas

PAULA PIMENTA

CINDERELA POP

11ª edição

Galera

RIO DE JANEIRO
2019

CIP-BRASIL. CATALOGAÇÃO NA PUBLICAÇÃO
SINDICATO NACIONAL DOS EDITORES DE LIVROS, RJ

Pimenta, Paula
P697c   Cinderela pop / Paula Pimenta. - 11ª ed. - Rio de Janeiro : Galera
11ª ed. Record, 2019.

ISBN 978-85-01-11616-1

1. Ficção brasileira. I. Título.

15-20251   CDD: 028.5
                                                  CDU: 087.5

Copyright © 2015 Paula Pimenta

Todos os direitos reservados.
Proibida a reprodução, no todo ou em parte, através de quaisquer meios.

Projeto gráfico e composição de miolo: Renata Vidal

Texto revisado segundo o novo Acordo Ortográfico da Língua Portuguesa.

Direitos exclusivos de edição reservados pela
EDITORA RECORD LTDA.
Rua Argentina, 171 - Rio de Janeiro, RJ - 20921-380 - Tel.: (21) 2585-2000.

Impresso no Brasil

ISBN 978-85-01-11616-1

Seja um leitor preferencial Record.
Cadastre-se e receba informações sobre
nossos lançamentos e nossas promoções.

Atendimento e venda direta ao leitor
mdireto@record.com.br ou (21) 2585-2002.

Para a Beré, minha fada madrinha.
Que, mesmo sem varinha de condão,
realiza todos os meus sonhos.

Era uma vez uma princesa. Ela morava com seus pais, o rei e a rainha, em um castelo enorme, e de lá via toda a cidade. Todas as noites ela olhava pela janela e ficava admirando a vista, sonhando mil sonhos coloridos. No mais brilhante deles, sempre via um príncipe que ela ainda não conhecia, mas que sabia que morava em alguma daquelas inúmeras luzes que avistava...

Um dia, seu castelo desmoronou, e com ele, toda sua vida.

A princesa teve que reconstruir tudo. Pedrinha por pedrinha. Tijolo por tijolo. Ilusão por ilusão.

Porém, ao abrir uma nova janela, ela viu que não havia sobrado nenhum sonho.

Apenas a realidade.

Que ela percebeu que podia ser ainda melhor...

✦ *Capítulo 1* ✦

COMUNICADO AOS ALUNOS:

A partir de segunda-feira está expressamente proibido o uso de aparelhos celulares dentro da escola, seja em sala, nos corredores ou mesmo no pátio. Caso o aluno seja encontrado batendo papo, enviando torpedos, publicando fotos, usando o Facebook, conversando no messenger, atualizando o status no Twitter, ou apenas com o celular nas mãos (ainda que desligado), será suspenso por três dias, sem direito à reposição das provas e trabalhos perdidos durante esse período.

Em caso de urgência, o aluno deverá se dirigir à secretaria e pedir aos funcionários que efetuem a chamada telefônica, exatamente como era antigamente, antes de os celulares existirem.

Esse comunicado deverá ser assinado pelos pais.

Atenciosamente,

Dora Lúcia Fontana Cruz
Diretora do Ensino Médio

— Cintia, você tem que explicar pra diretora que o seu caso é especial. Não é como se você quisesse usar o celular pra qualquer um desses fins descritos na circular!

O sinal tinha acabado de bater e o colégio parecia prestes a explodir. O comunicado tinha sido entregue cinco minutos antes, e mais de mil alunos revoltados desciam as escadas, uns gritando, outros xingando, alguns chorando e poucos, como eu, apenas lendo e relendo aquela circular, tentando encontrar uma solução.

A Lara continuava a falar ao meu lado:

— Ela tem que entender que o único horário no qual você pode se comunicar com a sua mãe é esse! O que essa diretora quer? Ser a culpada por você virar uma pessoa cheia de carências causadas pela falta de contato diário, ainda que a distância, com a sua progenitora? Nós sabemos perfeitamente que não é como se você pudesse contar com o seu pai. E quero ver o que vão dizer na secretaria se você pedir para fazerem uma ligação pro *Japão*!

Tentei assimilar o que ela dizia, enquanto lia a mensagem pela décima vez. A Lara estava certa, apesar de saber que a direção da escola também tinha suas razões. O dia anterior havia sido a gota d'água, quando uns alunos da minha sala criaram um aplicativo feito especialmente para colar. Quando o primeiro aluno que soubesse as respostas terminasse a prova, tudo o que tinha que fazer era passar o gabarito para o celular, que, através do tal aplicativo, transmitia a informação para os telefones de todos os outros alunos, devidamente posicionados em seus bolsos. Os colegas, então, sentiriam o *vibracall* repassando as respostas: uma vibração longa para indicar o início. Em seguida uma vibração curta para letra A, duas para B, três para C, quatro para D. Outra vibração longa para sinalizar a próxima questão e novamente vibraçõezinhas com a resposta certa.

Eu, se estivesse no lugar dos professores, daria algum crédito pela engenhosidade. Mas, ao contrário disso, tiraram todos os pontos de participação dos responsáveis pela invenção, e eles só não foram expulsos por já estarmos no final do ano. Além disso, os caras tiveram que pagar o maior mico, indo de sala em sala pra pedir desculpas a todos os alunos pelo fato de a *brincadeirinha* deles ter sido a culpada pela abolição dos celulares. É claro que isso não adiantou nada, e todos os alunos do colégio continuavam querendo matá-los, inclusive eu! Mas, na verdade, acho que a direção da escola exagerou. Poxa, até entendo não permitirem celulares durante as aulas, mas qual é o problema de usá-los nos intervalos, entre um período e outro, ou pelo menos durante o recreio?! Obviamente eu iria reclamar, começar uma reivindicação ou um abaixo-assinado qualquer para que reconsiderassem essa decisão.

E foi o que respondi para a Lara, quando ela finalmente parou de exigir que eu tomasse uma atitude. Claro que eu iria fazer alguma coisa. Afinal, não era como se eu estivesse revoltada por não poder atualizar a minha conta no Twitter para que todos os meus *dez* seguidores soubessem o que eu estava lanchando ou que cor de All Star tinha escolhido naquele dia. Eu realmente tinha um motivo sério! E a coordenação da escola teria que levar isso em consideração. Eu sabia que seria difícil, considerando que a diretora vivia pegando no meu pé. Mas eu ia dar um jeito. Nem que para isso tivesse que tomar uma medida drástica: falar com o meu *pai*.

· *Capítulo 2* ·

— Você vai telefonar pro seu pai?! — A minha tia me lançou um olhar de incredulidade. — Só espero que esteja preparada pra ouvir um sermão. O seu pai não é do tipo que aceita um tratamento gélido em um dia e no outro já esqueceu, ou que age como se nada tivesse acontecido. Ele com certeza é de guardar rancor. Lembro-me perfeitamente da época em que ele namorava a sua mãe. Os dois ficavam brigados por dias! Quando era culpa dela, então, a coitada ficava de plantão ao lado do telefone, esperando que ele se dignasse a retornar as ligações! Ah, se ela soubesse... Ah se *eu* soubesse! Certamente teria dado um jeito naquele namoro no primeiro dia...

A minha tia continuou a tagarelar para as paredes e nem reparou quando eu me encaminhei, com o telefone sem fio, para o meu quarto. Se eu iria mesmo fazer aquilo, precisaria de muita privacidade.

Sentei-me na cadeira de rodinhas e a empurrei de um lado para o outro, com a antena do telefone na boca, pensando no que falar. Em vez disso, os meus pensamentos voaram para o ano anterior. Exatamente 14 meses antes.

· *13* ·

Eu ainda morava no apartamento dos meus sonhos. No bairro perfeito, bem perto do shopping, da escola, dos meus amigos...

Eu estava lá, totalmente na minha, trancada no meu quarto, estudando para a prova de Química. Aliás, tentando estudar... Não entendo por que vou precisar de ligações, reações e soluções na minha vida! Quero ser arqueóloga, como a minha mãe. Aliás, segundo o meu pai, a culpa de *tudo* é da profissão dela; acredito que ele ache que até o buraco na camada de ozônio e a devastação da floresta Amazônica sejam culpa dela. Mas o fato é que eu tinha matado o curso de inglês por causa daquela maldita prova. Não que eu quisesse fazer isso. Afinal, o meu amor daquele mês estaria lá e eu daria tudo para ir àquela aula e para ficar repetindo *I love you, Kiss me* ou *Let's stay together* por uma hora sem parar enquanto olhava pro João Pedro. Mas, quando você está correndo seriamente o risco de repetir de ano por causa de uma matéria, você não pode se dar ao luxo de perder tempo paquerando o seu colega, seja em que língua for.

E, exatamente por isso, eu estava em casa em um horário que não deveria estar.

A minha mãe estava viajando, como sempre. Poucos meses antes tinha conseguido passar em um concurso que, além de oferecer um ótimo salário, seria muito importante para o currículo dela. Mas no contrato constava que ela precisava estar disponível para viagens interestaduais e internacionais. Ela aceitou, claro. Eu mesma dei força: aquilo seria excelente para a carreira dela e não é como se eu não pudesse me virar sozinha, afinal já tinha quase 16 anos. E, além do mais, eu tinha meu pai. É. Naquela época eu tinha...

Saí do meu quarto para beber água e relaxar um pouco; afinal, meus neurônios já estavam quase fundidos com aquela Química toda. Então ouvi um riso de mulher vindo de algum lugar. Congelei na hora, pois imaginava estar sozinha no apartamento, mas subitamente entendi tudo. Aquilo só podia dizer uma coisa... A minha mãe tinha antecipado a volta da viagem e provavelmente não havia dito nada para me fazer uma surpresa! Ela sabia que naquele horário eu estaria na aula de inglês, e com certeza tinha planejado me esperar na sala, para que, quando eu abrisse a porta, desse de cara com ela lá! Fui lentamente em direção ao quarto dos meus pais, seguindo o som da voz. Como a minha mãe não é de falar sozinha, devia estar conversando no telefone, e eu iria aproveitar para inverter a surpresa... Cheguei devagar e fiquei tentando escutar, mas, bem naquele momento, tudo ficou em silêncio. Por isso só girei a maçaneta, mas a porta não se moveu. Estava trancada.

— Mãe? — falei, franzindo as sobrancelhas.

Aquilo estava meio estranho. Por que minha mãe trancaria a porta se imaginava estar sozinha em casa? Apenas o

• *15* •

silêncio me respondeu, e logo em seguida ouvi um farfalhar que parecia ser um barulho de pano. De roupa. De alguém se vestindo. Será que a minha mãe tinha acabado de sair do banho? Mas ela abriria a porta para mim enrolada na toalha sem o menor problema... Comecei a desconfiar que havia alguma coisa errada. Alguma coisa *muito* errada.

— Pai? — falei em uma voz meio estrangulada, com medo de ouvir uma resposta. — Pai, é você que está aí? — perguntei mais uma vez, um pouco mais alto.

Nada.

Girei a maçaneta de novo. Uma, duas, três vezes. Comecei a ficar nervosa. Eu não estava imaginando, tinha escutado uma voz lá dentro. Uma voz feminina!

Comecei a bater na porta. *Esmurrar* talvez fosse uma palavra mais adequada.

— Quem está aí dentro? Eu vou chamar a polícia!

De repente ouvi passos. Olhei depressa para os lados e peguei um bibelô de vidro que servia de enfeite na mesinha do corredor. Aquilo não seria muito útil, mas, se fosse alguma ladra, eu poderia atirar aquilo na cabeça dela e sair correndo.

A porta se abriu e, em vez de uma ladra, vi sim o meu pai, com o rosto vermelho e o cabelo um pouco bagunçado... Ele parecia envergonhado, mas também meio bravo.

— Pai... — falei, apenas para dizer alguma coisa, porque na verdade a minha cabeça estava funcionando a todo vapor, enumerando todas as possibilidades possíveis e empurrando a pior delas para o último lugar da lista. — Que voz de mulher foi aquela que eu escutei? A mamãe voltou mais cedo?

Como meu pai deve ter me achado ingênua... Eu teria até dado uma gargalhada, se estivesse no lugar dele. Mas não. Ele só ficou lá, com aquela expressão meio séria, com a porta entreaberta, tentando impedir a minha visão, que a todo custo queria enxergar o que (ou melhor, *quem*) estava lá dentro.

— Ahn, filha, você não tinha aula de inglês?

Isso foi tudo o que ele teve coragem de dizer. E foram exatamente essas palavras que fizeram com que tudo fizesse sentido para mim. Talvez por estar com todas aquelas ligações químicas na cabeça, foi fácil fazer mais uma, embora não tivesse nada de covalente, metálica ou iônica. Apenas liguei dois e dois. Ou melhor, um e um. Meu pai. E mais alguém.

— Tem uma mulher aí dentro. — Aquilo era para soar como uma pergunta, mas saiu como uma afirmação. Eu tinha certeza. Naquele momento o meu coração já estava batendo forte, e de repente senti mais certeza ainda, pois o meu pai ficou roxo e começou me dar uma bronca por estar matando aula. Típico do meu pai, mudar de assunto para fugir do tópico principal. Como se eu não o conhecesse... Essa era a tática preferida dele quando eu era criança e pedia um bichinho de estimação. Ele simplesmente começava a falar de algum desenho, viagem, boneca... E eu acabava realmente me distraindo e só me lembrava do meu pedido horas depois. Valeu pelo treino!

— Pai, tem alguém aí dentro! — repeti, tentando passar por ele, com uma raiva crescendo dentro de mim pelo que eu já imaginava estar acontecendo.

Ele me segurou com as duas mãos, me mantendo afastada à força, então comecei a dar um pequeno escândalo. Foi naquela hora que ouvi de novo a voz. E então percebi que eu realmente era muito inocente, porque aquele timbre nunca poderia ser da minha mãe. A voz da minha mãe é imponente, grave. E aquela ali era de uma mulherzinha frágil, fresca, afetada... Eu a reconheceria em qualquer lugar, afinal era sempre aquela voz que atendia a cada vez que eu telefonava para o meu pai. Para falar com ele, eu precisava antes falar com ela.

— César, ela já sabe. Não adianta querer tapar o sol com a peneira.

Argh. E ainda por cima ela gostava de frases feitas. Meu pai poderia ter sido mais criterioso. Assustado — provavelmente por imaginar que a tal mulherzinha ficaria muda, escondida dentro do armário ou debaixo da cama —, ele me soltou. Aproveitei para passar pela porta, talvez movida pelo meu lado mais masoquista, que não se contentava em sofrer só com as evidências, que tinha que

• *18* •

ver os detalhes para padecer de verdade, com tudo que tinha direito...

Dei um passo para dentro do quarto e lá estava ela. Vestindo apenas a camisa social do meu pai. Deitada na cama da minha mãe. Com um sorriso só dela. Como se ver a expressão de decepção no meu rosto fosse a melhor coisa que tivesse acontecido no seu dia.

Eu a encarei por três segundos e meio, aguentando aquele sorriso falso, engolindo as lágrimas de raiva que faziam força para sair, e então dei meia-volta e só parei quando cheguei perto do meu pai, ainda parado à porta e parecendo estar preparado para separar uma briga que poderia começar a qualquer segundo. Como se eu fosse sujar as minhas mãos...

— Que clichê— falei baixinho, segurando a vontade de gritar. — Nem para trair você tem criatividade. Pode ficar com a sua *secretariazinha*. Mas saiba que a minha mãe você não vai ver nunca mais, porque ela vai saber disso agora... Você não a merece!

Bati a porta com toda a força que consegui reunir e fui depressa para o meu quarto, ouvindo-o dizer que não era o que eu estava pensando e que eu não podia contar para a minha mãe. Porém, *alguém deve* ter impedido que viesse correndo atrás de mim, e por isso tive tempo de pegar uma muda de roupa limpa, o notebook e o celular, jogar tudo na mochila da escola e sair correndo escada abaixo, não

sem antes dar uma última olhada no meu quarto cor-de-
-rosa. Eu sabia que não voltaria ali tão cedo. Só parei de
correr quando fiz sinal para um táxi que estava passando,
mesmo sabendo que estava sem um centavo no bolso. O
taxista perguntou para onde eu queria ir, e só respondi que
era para bem longe. Enquanto isso, liguei para a Lara, per-
guntando se ela teria dinheiro para me emprestar com a
maior voz de choro. Ao me ouvir, ela não questionou nada
e apenas disse que me esperaria na porta da casa dela. E
foi o que fez. Depois de pagar ao motorista, ela me em-
purrou para dentro, colocou uma caixa de Bis no meu colo
e só então perguntou o que tinha acontecido. Contei com
detalhes, revivendo novamente aquela cena dolorosa. Ela
ouviu com atenção, dizendo apenas que tudo ia dar certo,
mas eu sabia que ela estava errada. Nada ia dar certo.

A única coisa certa naquele momento é que eu não queria ver o meu pai nunca mais. Ele tinha morrido para mim.

· *Capítulo 3* ·

Um carro buzinando na rua fez com que eu voltasse para o presente. Estava mergulhada nos meus pensamentos, presa em uma viagem no tempo que parecia nunca terminar. Eu já tinha perdido a conta de quantas vezes havia repassado aquela história na minha cabeça. Minha vida se dividia entre antes e depois daquele dia. Era impressionante como tudo havia mudado desde então...

Nunca mais voltei àquele apartamento. A Lara, a minha melhor amiga desde a infância, buscou o que pedi, o que não foi muita coisa, pois não queria nada que o meu pai tivesse me dado (o que no fim das contas era quase tudo). Tomei as dores da minha mãe, como se tivesse sido eu a esposa traída. Mas no fundo era assim que eu me sentia. Meu pai não havia sido infiel a ela, apenas. Ele havia jogado fora a nossa família inteira. Todo aquele nosso mundo perfeito. Destruiu o nosso castelo encantado. E os meus sonhos foram embora com ele.

Era de se esperar que a minha mãe ficasse muito abalada, mas depois do choque inicial, de todos os gritos e lágrimas, ela simplesmente levantou a cabeça e não se permitiu mais ficar triste. Pelo menos não demonstrou. Contratou um advogado para lidar com a papelada do divórcio e mergulhou de cabeça no trabalho, ou seja, passou a viajar mais do que nunca. Ela até perguntou se eu gostaria de largar tudo e me aventurar com ela pelo país afora, mas acho que, com o choque, ela esqueceu o principal... Eu precisava me formar no colégio! No segundo ano do ensino médio, não é como se pudesse simplesmente tirar um ano de folga e sair por aí, brincando de caixeiro-viajante, por mais que aquilo fosse tudo o que eu quisesse fazer.

No começo tudo correu bem, na medida do possível. Passei a morar na casa da minha tia Helena, que era para onde a minha mãe também ia nos finais de semana de intervalo entre uma viagem e outra. Mas eu acreditava que aquilo seria uma coisa provisória. Imaginei que ela logo se recuperaria e voltaria a viajar apenas de vez em quando, como de costume. Na minha cabeça, era questão de tempo até que nós nos reestabelecêssemos e arrumássemos um novo apartamento... Por isso, quando ela recebeu um convite para trabalhar no Japão durante três anos, foi meio que um choque para mim. Uma coisa era morar com a minha tia por um tempo. Outra completamente diferente era fazer daquele lugar a minha residência fixa.

Não me entenda mal, eu adoro a minha tia. Ela é a irmã caçula da minha mãe — ou seja, nem é muito velha

—, e a casa dela até que é legal. Só que é bem diferente daquilo com que eu estava acostumada. Tipo, o meu antigo apartamento era super *clean*, minimalista, e só se viam branco e metálico por todos os lados. Além disso, era bem espaçoso; a gente morava na cobertura. Já a casa da minha tia... Bem, digamos que até hoje encontro cores lá que eu nem sabia que existiam. Ela é desenhista e designer, trabalha com animação digital e é muito bagunceira. Por todos os lados vejo experimentos pela metade, propostas de esculturas, tintas misturadas... Além dos bichos, claro. Sim. A minha tia mora com cinco gatos, três cachorros, galinhas, pombos... e até já vi ratos. Quando apontei, gritando, ela me disse que não eram ratos e sim *camundongos*, e os chamou pelo nome. Depois disso, preferi não reclamar de mais nada, com medo de ferir os sentimentos dela, ou coisa parecida. Afinal, os bichos já moravam lá antes de mim.

Dessa forma, eu nunca tinha pensado na casa dela como um lar definitivo, mas a minha mãe ficou tão empolgada com a história do Japão que eu nem tive coragem de mencionar aquilo. Ela merecia ficar feliz de verdade com alguma coisa, depois da decepção com o meu pai. Além do mais, onde eu estava morando nem era o maior dos meus problemas... Eu estava acostumava a ficar longe da minha mãe por uma semana, duas, às vezes até três... Só que mais de um ano? Não dava nem para imaginar!

Depois que eu nasci, meus pais não quiseram ter mais filhos. Na verdade, minha mãe até quis, mas meu pai achou que um filho só (uma filha, no caso) já era o suficiente. Então a minha mãe sempre foi mais do que apenas "mãe" para mim — ela fazia o papel de irmã também... de amiga. Por isso ela mudar de país me abalou tanto: foi como se, do dia para a noite, eu tivesse perdido tudo. Minha família. Meu lar. Todas as coisas que eu achava que durariam para sempre.

Minha mãe, antes da grande viagem, me fez prometer que tudo ficaria igual, na medida do possível. Estaríamos distantes uma da outra apenas fisicamente, mas ela fazia questão de continuar conversando comigo todos os dias para que a distância geográfica não se tornasse também uma distância emocional. Eu concordei, claro. Porém, naquela época não antevimos um *pequeno* detalhe... o fuso horário. O relógio no Japão está 12 horas à frente do nosso. Quando aqui são 9h, lá são 21h. A minha mãe trabalha pesquisando antigas ruínas em um sítio arqueológico que não tem cobertura de nenhuma operadora de celular, muito menos de Internet. E é lá mesmo que ela mora, em uma espécie de acampamento. O único local por perto que tem qualquer vestígio de civilização é a vila onde ela janta, sempre entre 21h e 22h. Ou seja, exatamente no horário em que eu estou na escola, embora 12 horas atrás no fuso. Por isso, o que eu fazia todos os dias, assim que o sinal do recreio batia, era ligar para ela pelo Skype do meu celular. Então conversávamos por meia hora até que as aulas recomeçassem. Não tanto quanto eu gostaria, mas era tempo o suficiente para matar a saudade. Porém, agora, com a proibição do uso de celulares na escola, eu teria que falar com ela apenas aos finais de semana. E isso para mim era muito pouco...

Isso me fez lembrar o motivo para eu estar com o telefone na mão. Eu teria que falar com o meu pai. Se havia alguém no mundo que poderia convencer a diretora a mudar de opinião e abrir uma exceção para mim, definitivamente a pessoa era ele. O meu pai era muito influente. Sua empresa tinha patrocinado a construção do ginásio de esportes e do laboratório de ciências da escola. Com certeza a direção não negaria uma simples solicitação dele. O único problema era mesmo o fato de que eu teria que falar com ele. E para fazer um pedido, ainda por cima!

O telefone começou a tocar na minha mão. Atendi no primeiro toque; não importava quem fosse, eu desligaria rapidamente, pois era melhor não adiar o inevitável. Se eu tinha que falar com o meu pai, era melhor fazer isso logo, para me livrar o quanto antes. Mas, ao atender, percebi que eu não precisava ter me preocupado. Desatino, talvez? Simples coincidência? A questão é que a voz que falou comigo era a mesma que eu evitara por mais de um ano. A que definitivamente eu ainda não estava preparada para ouvir.

A que, sempre que eu escutava, fazia questão de colocar o telefone no gancho. Mas daquela vez eu não desliguei.

— Pai?

— Cintia? — ele falou, meio assustado. — Filha, por favor, não desligue!

Fiquei muda por alguns segundos. Eu não ia desligar, mas também não sabia como começar o assunto. Era incrível como eu me sentia tão mais distante dele — que morava na mesma cidade que eu — do que da minha mãe, que estava do outro lado do mundo.

— Cintia, ainda está aí?

Suspirei antes de responder.

— Sim. Estou. Foi bom você ter ligado. Eu precisava mesmo falar com você.

— Jura, minha filha? — Dessa vez, além de surpreso, ele pareceu também aliviado e feliz. — Você vai voltar pra casa? Esperei tanto por esse momento!

— Não é nada disso! — interrompi depressa.

Sou mesmo uma banana! Apesar de tudo o que ele fez, senti certa pena pela empolgação que demonstrou ao pensar que eu tinha mudado de ideia. Resolvi dizer logo o que eu queria.

— Eu não vou voltar. Só queria falar com você porque estou com um problema no colégio. E, antes que você tire alguma conclusão errada, não tem nada a ver com as minhas notas. É que... Bem, a diretora proibiu o uso de celulares, mas é o único horário em que posso falar com a minha mãe... Claro que não faço isso durante as aulas, nunca fiz, mas é que a gente conversa todos os dias na hora do recreio. Se a diretora quiser, pode até guardar o meu telefone no restante do tempo, mas é que realmente preciso falar com a minha mãe e essa é a única hora que posso, por causa do fuso...

Ele limpou a garganta e falou:

— Bom, não vejo motivo para que não permitam isso. Não é como se você quisesse usar o celular para brincar no Twitter ou no Facebook.

Era exatamente o que eu tinha pensado... Ele era tão parecido comigo! Por que tinha que ter feito *aquilo*? Eu realmente gostava de termos as mesmas opiniões. Quero dizer, na época em que ainda conversávamos...

— Cintia —continuou ele —, vou falar sobre isso com a diretora. Mas estou ligando por causa de um assunto mais importante.

Mais importante para quem?

— Sexta-feira é o aniversário das suas irmãs — ele começou a explicar.

— Elas não são minhas irmãs! — interrompi. — Eu não tenho irmã nenhuma, como você deve se lembrar, afinal, sempre fez questão de me dizer que ser filha única era um grande privilégio, por não ter que dividir as atenções e presentes com ninguém...

Ele pareceu meio impaciente, me ignorou e continuou a explicação.

— A festa de 15 anos da Gisele e da Graziele é na próxima sexta-feira, como você deve saber, pois eu enviei o convite há mais de um mês. Bem, o caso é que eu gostaria muito que você fosse. Todos os meus amigos estarão lá e sei que, se você não for, muita gente vai comentar... Mas não é só por isso. Se você for, acho que isso pode marcar um recomeço, uma trégua para nós. Eu quero muito que você aceite a sua nova família. E sei que sua madrasta e as suas irmãs iam gostar que isso acontecesse também...

Eu já ia dizer que não estava interessada e que, pela última vez, elas *não* eram minhas irmãs, mas que diferença ia fazer? Ele que desse para elas o título que quisesse! Eu só queria desligar depressa; afinal, já tinha pedido o que precisava. Mas ouvir meu pai chamar aquelas garotas assim mais uma vez me deixou com vontade de colocar o telefone no gancho e não falar com ele nunca mais!

O fato é que, depois da traição, imaginei que o meu pai fosse correr atrás da minha mãe pelo resto da vida, chorar, implorar, e nunca mais olhar para a cara daquela outra mulher. Ele até fez isso, tipo, por uns *dois dias*. Mas, quando viu que a minha mãe não estava mesmo disposta a perdoá-lo, ele simplesmente convidou aquela *bruxa* para morar com ele! Pior... Não foi só ela, mas também suas duas filhas gêmeas, adolescentes! Para morarem com ele no *meu* apartamento! Tudo bem que eu não ia lá desde aquele dia fatídico, mas ainda assim... Eu havia crescido ali! Tinha sido naquele lugar que os meus pais haviam vivido lindos anos, até aquela piriguete estragar tudo! E agora o meu pai estava praticamente casado com ela, apenas esperando pelos papéis do divórcio para poder formalizar legalmente o enlace. Mas o pior nem era isso... Ele estava tratando as garotas como se também fossem filhas dele. E, como se não bastasse, ainda as havia matriculado na minha escola. Eu tinha que olhar para a cara delas todos os dias, o que inevitavelmente me fazia lembrar de que, por causa da mãe delas, a minha vida tinha mudado tanto. Para piorar ainda mais, as duas falavam mal de mim pra escola inteira, inventavam histórias, diziam que eu me vestia de preto porque gostava de praticar magia negra! Por favor, né? Eu me visto de preto simplesmente porque não vejo mais graça nas outras cores. Mas antes eu soubesse mesmo praticar magia, pra fazer um feitiço que mandasse aquelas duas para bem longe!

— E se eu não for? — perguntei só por perguntar. Eu não iria àquela festa nem se fosse a última do mundo. Além do mais, mesmo que quisesse, não poderia. Eu já tinha outro compromisso para aquela noite.

Ele ficou calado por um tempo e quando falou de novo, estava com a voz bem mais seca:

— Se você não for, eu me recuso a resolver o seu *probleminha*... Não vou conversar com a sua diretora. Pense bem, Cintia. Não custa nada você ir a essa festa e ficar lá por um tempo! Você já tem 17 anos, está na hora de crescer um pouco. Não pode continuar a me culpar eternamente... Eu já pedi desculpas, e você sabe que me arrependi! Mas eu segui em frente, a sua mãe também, e acho que passou da hora de você fazer o mesmo. Estou cansado dessa situação. Portanto, ou você vai à festa, ou fica sem celular na escola. A escolha é sua.

Fiquei calada, mais uma vez com vontade de desligar na cara dele, mas eu conhecia o meu pai o suficiente para saber que estava falando sério.

Ele percebeu que tinha me pegado, pois, antes de desligar, tudo o que disse foi:

— Nada de jeans e tênis. Parece que festas de 15 anos temáticas estão na moda, e o tema que as suas irmãs escolheram foi "Baile na corte". Acho que ficaram meio impressionadas com o casamento daquele príncipe da Inglaterra, não falam de outra coisa há meses. Mas o fato é que quero você vestida de donzela e não como um moleque. Compre o que precisar e mande a conta para o meu escritório.

E, em seguida, desligou.

✦ *Capítulo 4* ✦

—Ci, pelo amor de Deus! Aceite logo a roupa que seu pai quer dar! Não é como se você nunca tivesse se vestido como uma bonequinha... Aliás, pelo que me lembro, você adorava usar vestidinhos, e foi só depois de vir para cá que passou a usar essas calças meio rasgadas e blusas escuras. Espero que ninguém pense que isso foi influência minha! E que mal vai fazer você dar uma passadinha rápida no aniversário? Será que você não sente falta disso, de aproveitar uma comemoração pra variar? Paquerar algum garoto? Você tinha tantas paixões... O que aconteceu com aquele João Pedro do inglês? Você só falava dele um tempo atrás!

Nem respondi. Mas a verdade é que depois da traição do meu pai, eu tinha totalmente deixado de acreditar no amor. Por isso, nem queria mais saber dos garotos que eu costumava achar interessantes. No fundo eu sabia que não passava de paqueras bobas, eu nunca tinha me apaixonado de verdade... Mas agora eu nem queria.

Minha tia continuou com o sermão.

— Atualmente você só vai a festas pra trabalhar. E, se o seu pai quer que você dê uma de princesa, que mal tem? É só por uma noite, o seu tênis não vai fugir.

Eu balancei a cabeça e olhei para ela, sem acreditar que ainda não tinha percebido o problema.

— Vai ser na sexta-feira! — respondi, apontando para o calendário. Havia um círculo vermelho em volta da data.

— Você pode desmarcar um dia de trabalho. — Ela deu de ombros. — O Rafa arruma alguém pra te substituir.

— Tia, você não entende? Ninguém pode me substituir. Essa festa está marcada há dois séculos e meio, e eu já estava montando a *set list* que pediram. Falaram para eu alternar músicas atuais com canções da Disney! Parece que a aniversariante tem mania de princesa... ou algo assim.

O final da frase saiu com a voz minguada. Corri para pegar a minha agenda e verifiquei o endereço do local. Em seguida, peguei o convite que o meu pai tinha enviado e que, por milagre, eu não tinha jogado no lixo imediatamente. Abri-o sob o olhar atento da minha tia.

— Não acredito... — ela falou, meio rindo, ao ver minha cara de desespero. — É a mesma festa? Você vai tocar na festa de 15 anos das *bruxinhas?*

Eu e a minha tia nos referíamos à mulher do meu pai como "bruxa", e, consequentemente, às filhas dela como "bruxinhas". Sempre achamos graça disso, mas dessa vez aquilo não tinha nada de engraçado.

— O que eu vou fazer? Ninguém pode me substituir, tenho certeza! Está muito em cima da hora. Mas, se eu for, vão me reconhecer, e aí o meu pai vai dar um jeito de impedir que eu continue trabalhando. Eu estou perdida de qualquer jeito!

A minha tia só balançou a cabeça e pegou o telefone. Tinha sido o namorado dela, o Rafa, que havia arrumado aquele trabalho para mim. Poucos dias após a viagem da minha mãe (quando eu não tirava os fones de ouvido, para fugir da realidade), ele pediu para ver que tipo de som eu estava escutando. O Rafa foi passando faixa por faixa e, ao final, falou que eu tinha um excelente gosto musical. Ele era DJ e tinha uma empresa de som que trabalhava em festas, e perguntou se eu gostaria de aprender a mixar as músicas e fazer *set lists*. Aceitei na hora, afinal aquilo me distrairia. No final das contas, a distração virou um hobby, que pouco depois virou um emprego. Parecia que eu tinha jeito para a coisa, ou pelo menos foi o que o Rafa falou na primeira vez em que me levou a uma festa em que tinha sido contratado para tocar, e deixou que eu comandasse as picapes por meia hora. Ao final desse tempo, quando retomou o comando, várias pessoas apareceram para elogiar a sequência que *ele* tinha acabado de colocar. A *minha* sequência. E foi então que o Rafa perguntou se eu gostaria de ajudá-lo eventualmente.

A minha tia até que achou bom no começo, pois, depois da separação dos meus pais, aquela era a primeira vez que ela me via empolgada com alguma coisa. Logo depois, porém, começou a se preocupar, porque a cada dia eu ficava mais tempo ajudando o Rafa, que inclusive começou a me pagar pelas horas trabalhadas. Para mim aquilo era uma diversão, mas, para falar a verdade, o emprego não poderia ter vindo em hora melhor. Eu me recusava a aceitar qualquer coisa do meu pai. Ele continuava a pagar a mensalidade da escola, mas mais do que isso eu não queria. Portanto, foi bom começar a ganhar o meu próprio dinheiro. Também não queria explorar a minha tia, e a minha mãe, bem, ela estava muito longe naquele momento.

A tia Helena acabou concordando com o trabalho, desde que eu cumprisse três normas básicas:

1 - Eu só poderia trabalhar aos finais de semana.

2 - Precisava estar acompanhada de um adulto.

3 - Tinha que voltar para casa à meia-noite. Impreterivelmente.

Se eu violasse qualquer uma dessas regras, ela acabaria com aquela história e eu voltaria à minha entediante vida normal.

Tudo estava dando certo até aquele momento. Eu só trabalhava às sextas e aos sábados, estava sempre acompanhada por algum técnico de som conhecido, que ficava responsável pela sonorização do local, o Rafa chegava à meia-noite e assumia o comando, e eu ia embora para casa. Na maioria das vezes, a minha própria tia me buscava. Para o namoro dos dois, inclusive, aquele arranjo tinha sido ótimo. Como o Rafa trabalhava à noite, raramente eles podiam se encontrar nesse horário. Mas agora, pelo menos às sextas e aos sábados até meia-noite, eles podiam namorar como um casal normal...

Mas aquele aniversário iria estragar tudo! O meu pai descobriria sobre o meu trabalho e nunca permitiria que eu bancasse a DJ novamente! Apesar de tudo, ele continuava me controlando, a distância. Mesmo que eu me recusasse a conversar, meu pai sempre dava um jeito de questionar a minha tia sobre as notas e tudo mais. E ele era calculista; não tinha me obrigado a ir ao aniversário das enteadas em troca de uma conversa com a diretora? No mínimo pararia de pagar a escola caso eu insistisse em trabalhar como DJ. Não, ele não podia saber disso de jeito nenhum.

— Rafa, tem alguém pra substituir a Cintia na festa de sexta? Ela tem um compromisso e não vai poder ir.

Interrompi as minhas divagações e comecei a prestar atenção à conversa da minha tia. Comecei a fazer sinal para que ela parasse de falar; se não explicasse a história direito, o Rafa ia pensar que o motivo era uma frescura qualquer e pararia de me contratar!

— Entendo... — A minha tia continuou a conversar sem prestar atenção em mim. — Mas será que ela não poderia passar as músicas para você mesmo tocar? A Cintia realmente tem um compromisso nessa sexta...

Sentei na frente dela, ansiosa para entender o que estava rolando. Depois de se despedir, ela desligou, com uma cara supercontrariada.

— Ele não vai poder te substituir, pois vai fazer o som de um casamento, e os outros DJs da empresa também já estão ocupados. Inclusive, quem vai assumir a música depois que você for embora é uma banda. O Rafa só topou fazer essa festa pelo fato de o contrato ter especificado que seria apenas até meia-noite e porque você disse que podia.

Fiquei olhando para ela, sem dizer nada por um tempo. Ela se sentou à mesa e começou a tamborilar os dedos. De repente, olhou para mim como se tivesse a solução para todos os problemas do mundo.

— Já sei! — Ela até se levantou. — A festa é à fantasia, não é? Então você vai à caráter!

— Tia, você não entendeu... — falei, desanimada. — Quem tem que ir fantasiada de princesa é a Cintia, porque o meu pai exigiu. Como DJ, tenho que estar lá apenas a trabalho! E o trabalho consiste só em colocar músicas e mais músicas para as princesas e os príncipes dançarem. Eu não sou da nobreza, faço parte da plebe e vou para trabalhar!

— Mas em nenhum lugar está escrito que você não pode ir de fantasia. Eles vão achar legal, afinal, até a DJ vai estar no clima da festa! Vou arrumar uma roupa de bobo da corte para você, que esconda todo o seu rosto...— Franzi a testa, mas, antes que eu reclamasse, ela continuou: — Não se preocupe, não vai ser um bobo da corte tradicional. Você vai ficar bonita, vou arrumar uma máscara veneziana que tape o seu rosto inteiro, exceto os olhos. Ninguém vai saber que é você!

Suspirei. E eu que pensava que aquele fim de semana seria normal. Tudo o que eu queria era chegar na festa sem conhecer ninguém e criar a atmosfera perfeita através da música. Eu me orgulhava de estar cada vez melhor naquilo. No começo das festas, conforme os convidados iam chegando, eu já sacava o estilo da maioria e o tipo de som que combinaria melhor com o ambiente. E então mandava ver. Sempre dava certo. As pessoas dançavam sem parar, pelo menos até meia-noite!

O Rafa de vez em quando me contava que, depois de eu ter ido embora, várias pessoas apareciam para perguntar aonde tinha ido a DJ que estava tocando músicas tão boas. Mas, em vez de ficar chateado ou de entrar em algum tipo de competição comigo, ele ficava feliz por mim e sempre me contava isso com um grande orgulho. Uma vez, inclusive, ele disse que, depois que eu fui embora de uma festa, um dos convidados, já meio bêbado, perguntou quem era a DJ fabulosa que tinha tocado, pois queria me cumprimentar. O Rafa disse que era a DJ Cintia Dorella, e que eu trabalhava apenas até meia-noite. Talvez por estar alcoolizado, ou por causa do meu toque de recolher, ele não entendeu meu nome e falou: "DJ Cinderela?"

◆ *37* ◆

Rimos muito, e aquilo foi o suficiente para o apelido pegar entre nós.

Só que, naquela sexta, a DJ Cinderela teria que trabalhar disfarçada...

— Cintia, a questão é que o seu pai exigiu que você fosse à festa, mas não falou o horário — minha tia continuou. — Tudo o que você tem que fazer, quando a tal banda começar a tocar, é correr para o banheiro e trocar de roupa. Então você aparece vestida de princesa um pouco depois da meia-noite. Seu pai vai ficar feliz e vai resolver o problema do celular no colégio. E ninguém vai desconfiar de nada.

Parecia simples nas palavras dela, mas eu sabia que não seria fácil assim. Por outro lado, se eu soubesse que seria *tão* difícil, nunca teria concordado com aquilo! Eu realmente não tinha a menor ideia do que me esperava...

◆ *Capítulo 5* ◆

■ Baile na Corte

O conhecido empresário César Luiz Otto Dorella patrocinará, esta noite, uma disputada festa no Sollaris Recepções para as enteadas gêmeas, Gisele e Graziele Silva, que estão debutando. A comemoração promete ser um sucesso e repetir o glamour da festa de 15 anos que o empresário promoveu, dois anos atrás, para a filha, Cintia, que na ocasião também foi destaque nessa coluna social. Tudo indica que a noite vai ser realmente magnífica. Além do buffet espetacular de Clementina Cook, o festejo contará com presença de DJs e do ídolo adolescente Fredy Prince. Esperam-se 500 convidados, e as gêmeas estão inclusive recebendo ofertas generosas em dinheiro por um convite. A decoração fica por conta da Verde Água Interiores, que transformou o salão em um verdadeiro castelo, pois o tema da festa é "baile na corte". Felicidades às princesas aniversariantes!

Reclamei pela milésima vez enquanto a tia Helena e a Lara arrumavam a minha roupa. As minhas *roupas*, na verdade. Elas me fizeram vestir as duas fantasias várias vezes, até acharem que estavam adequadas para os papéis que eu teria que representar naquela noite...

Primeiro elas se concentraram na fantasia de bobo da corte, que na verdade não tinha nada a ver com esse personagem. A minha tia havia pintado um vestido para imitar uma carta de baralho — um 10 de Copas, para ser mais exata —, e eu estava parecida com aquelas cartas falantes do filme da Alice no País das Maravilhas. Além disso, ela pegou emprestada com uma amiga atriz uma máscara, metade branca e metade preta, que ela explicou representar a comédia no teatro. Realmente era uma máscara bem risonha, e, com ela no rosto, somente os meus olhos apareciam. Ótimo. Nenhuma possibilidade de alguém me reconhecer, ainda mais na penumbra.

O meu problema maior era com a outra fantasia. De princesa.

— Tinha que ser rosa-bebê? — perguntei, olhando o vestido que a minha tia havia comprado pela milésima vez. Além da cor, ele era bufante e ia até o chão. E, como se não bastasse, parecia que alguém tinha salpicado purpurina em cima dele inteiro! — Por que você não comprou um preto?! E essa sandália da mesma cor?

— O que você queria? Um tênis? Nada disso, o sapato tem que combinar com a roupa. Seu pé não vai cair se você usar salto por uma noite! E escolhi rosa porque preto é a cor que você usa todos os dias da sua vida! — a minha tia respondeu. — E, além do mais, eu estava com saudade de ver você usar roupas femininas. Você costumava se vestir de forma tão delicada, era superligada em moda... Foi só depois da separação dos seus pais que você inventou de ficar de luto, ou sei lá o quê. E quer saber? Foi você quem se recusou a comprar o vestido e falou que eu podia escolher o que quisesse. Optei pelo que achei que realçaria ainda mais a sua beleza. E estou vendo que acertei em cheio...

— Acertou mesmo, você está maravilhosa, Ci! — a Lara disse, afofando ainda mais a saia. — E o melhor de tudo é que esse tecido não amarrota. Você vai poder levar o vestido dentro da mochila! Aliás, pode tirar a roupa agora que já vamos guardá-la. Você tem que entrar na festa com a outra fantasia.

Lembrei-me mais uma vez do plano, com o qual eu acabei concordando depois de concluir que realmente não havia alternativa. Levaria o vestido e, quando fosse meia-noite e banda começasse a tocar, iria rapidamente ao banheiro e me trocaria. Depois discretamente deixaria a minha mochila embaixo da mesa de som e, antes de ir embora, eu a pegaria de volta.

◆ *41* ◆

— Que raiva do meu pai! — falei, me sentando para tirar aquela maldita sandália de salto, que já estava machucando o meu pé. — Além de tudo vou ter que escutar a banda daquele ridículo do Fredy Prince!

— Ai, Ci, nesse aspecto eu daria tudo pra estar no seu lugar! — A Lara suspirou. — Pode falar o que quiser, mas as suas irmãs, quero dizer, as suas *meias-irmãs* têm um ótimo gosto! Nem acredito que o seu pai conseguiu que o Fredy Prince tocasse na festa delas. O garoto é maravilhoso, perfeito, um deus! Ele canta, toca guitarra e piano, compõe, atua... O cachê dele deve ter custado uma fortuna. E o mais incrível de tudo é que em todos os shows ele chama uma garota da plateia pra dançar com ele no palco, é tão fofo...

— Um convencido, isso sim! — respondi, finalmente me livrando da sandália. — O cara se acha! Já viu as letras das músicas dele? Ele sempre diz que está esperando por uma garota especial, que tem certeza de que a encontrará algum dia, de repente, que a reconhecerá à primeira vista e que então a tratará como uma princesa de contos de fada, que ela será sua musa inspiradora... Ele simplesmente ilude as fãs. Fala isso só para que as meninas fiquem babando, para deixar cada uma imaginando que é a tal garota que conquistará o coração dele. Até parece! Aposto que fica com todas e mais algumas depois que os shows terminam.

◆ 42 ◆

— Para quem despreza tanto o cara, até que você está parecendo muito interessada... — a tia Helena disse enquanto arrumava a minha mochila. — Prestou atenção nas letras e tudo...

— Acontece, tia — eu me levantei, praticamente bufando —, que eu, ao contrário da maioria das pessoas, critico com conhecimento de causa! Procuro saber sobre o assunto antes de falar mal.

— Então, ótimo! Hoje você vai ter a chance de conhecê-lo pessoalmente e confirmar se ele é mesmo isso tudo que você pensa! Entre logo no banho, porque ainda temos que arrumar o seu cabelo e fazer a maquiagem. Assim, na hora da transformação, você não vai ter trabalho algum além de trocar de roupa e tirar a máscara!

Concordei e fiz o que ela pediu. Eu esperava que aquilo tudo acabasse depressa mesmo. Já havia dias que não falava com a minha mãe e agora finalmente faltavam poucas horas para a manhã de sábado. Pelo menos na semana seguinte tudo mudaria: o meu pai teria que cumprir a parte dele no trato — afinal, eu estava fazendo o maior sacrifício para cumprir a minha —, e então eu poderia voltar a falar com a minha mãe todos os dias.

Deixei que a minha tia e a Lara fizessem o que elas quisessem com o meu rosto e o meu cabelo, e depois me vesti de bobo da corte. Pelo menos com essa fantasia eu podia usar o meu All Star preto. Mais cedo inclusive tinha pedido para a minha tia pintar nele os símbolos dos naipes de baralho, para que parecesse que o tênis realmente era parte da fantasia. Ela já tinha desenhado antes umas notas musicais, então ficou até um efeito legal, como se o baralho estivesse dançando ou algo assim. Uma coisa boa de ter uma tia desenhista era isso. Os meus tênis eram sempre os mais originais...

Levei a máscara na mão e, assim que cheguei à festa, a coloquei, para não correr o risco de alguém me reconhecer. Logo percebi que as pessoas tinham levado o tema a sério. Alguém tinha se esforçado bastante para deixar o salão parecido com um castelo. Fui direto para a cabine de DJ, e lá o técnico de som já me aguardava. No dia anterior eu tinha deixado com ele tudo que iria precisar e agora era só fazer a trilha sonora da festa.

Como de costume, comecei colocando músicas mais calmas, para que os convidados sentissem um clima acolhedor ao chegar. Na medida em que a festa foi enchendo, fui acelerando o ritmo. Percebi que muita gente estava dançando e aos poucos comecei a relaxar, já que pelo visto ninguém ia mesmo me reconhecer. Algumas pessoas da escola foram até pedir músicas, e inclusive o meu pai havia passado por mim umas três vezes — em uma delas até olhou na minha direção, o que me fez tremer —, mas passou direto.

Quando só faltava meia-hora para o meu horário terminar e eu já estava me preparando psicologicamente

• *44* •

para me transformar em princesa, percebi que um garoto vinha na minha direção. Imaginei que ele fosse pedir uma música, mas de repente reparei que estava usando uma máscara muito parecida com a minha. A única diferença era que, em vez de ter a boca virada para cima, era para baixo.

— Legal a sua máscara! — ele gritou para que eu escutasse, meio se debruçando na bancada que separava a pista de dança do equipamento de som.

— A sua também — respondi no mesmo tom, mas sem nem olhar direito para ele, concentrada em colocar mais uma música para tocar. — Representa a tragédia, né?

Ele ficou alguns segundos sem dizer nada e então perguntou:

— Você faz teatro?

Fiquei meio sem graça, me sentindo uma espécie de impostora. Eu sabia o significado daquelas máscaras apenas porque a minha tia havia explicado...

Só fiz que não com a cabeça e continuei o meu trabalho.

— Você tem um ótimo gosto musical... — ele falou depois de uns cinco minutos, o que me espantou um pouco. Eu estava tão concentrada que nem vi que o garoto continuava ali. Mas se tinha algo de que eu realmente gostava era quando alguém elogiava as minhas músicas. Então sorri, mesmo sabendo que provavelmente ele não veria, por causa da máscara, e agradeci.

• 45 •

— Posso dar uma olhada no seu *set list*? — Ele apontou para a folha impressa com os nomes de todas as músicas que eu tinha planejado para a noite. Concordei e estendi o papel para ele, mas, em vez de pegá-lo, ele deu a volta na bancada e parou ao meu lado, bem atrás da mesa de som, o que me deixou meio assustada. Só então ele pegou a folha. Mas não foi para ela que ele olhou...

— Ei, não é só sua máscara que é bacana! — ele disse, reparando na minha fantasia completa. — Que ideia original! Em uma festa cheia de princesas normais, uma rainha de copas é um belo diferencial! Aliás, uma rainha muito pop! Adorei o seu tênis customizado!

Olhei para baixo, novamente sem graça. Como eu ia explicar que eu não tinha nada de rainha, muito pelo contrário? Aliás, naquele momento, eu finalmente tinha entrado na minha fantasia de verdade! Ninguém estava com mais cara de "boba da corte" do que eu...

— Ah — foi tudo que saiu da minha boca. — Obrigada.

— Frederico.

— Como?

— Frederico. O meu nome é Frederico. Você falou "obrigada", e geralmente a gente agradece e fala o nome da pessoa em seguida. Mas você não sabia o meu nome ainda, senão aposto que teria dito: "Obrigada, Frederico."

Olhei para ele, tão surpresa que quase perdi o ponto de trocar a música. Ele percebeu e perguntou:

— Posso ajudar?

• 46 •

Eu ia responder que não, mas naquele momento fui atraída pelo seu olhar. Senti algo estranho, como se eu já o conhecesse de algum lugar. Meu coração acelerou de uma hora para a outra, e por um momento não vi mais ninguém. Apenas aquele garoto mascarado. Ele era alto, e tinha cabelos castanhos, longos cílios escuros e enormes olhos azuis, que por sinal eram bem expressivos... Ele estava me olhando fixamente, e comecei ter a impressão de que a qualquer momento iria me hipnotizar e descobrir todos os meus segredos. Quando me recuperei, ele já estava mixando uma música na outra. E, surpreendentemente, ele fazia aquilo muito bem!

Balancei a cabeça e perguntei onde ele tinha aprendido a mixar.

— Por aí...— foi tudo que ele respondeu. — E você?

— Que coincidência! — eu disse, tirando delicadamente a mão dele de cima do equipamento e recuperando o meu posto. — Aprendi *por aí* também... Bem que eu vi que te conhecia de algum lugar!

Mesmo com a máscara triste, senti que ele sorriu. E aquilo me fez sorrir também...

— Posso escolher uma música? — Ele balançou a folha com a minha lista, que tinha tornado a pegar.

Por que não? Tanta gente já tinha me feito pedidos naquela noite... Concordei. Eu havia anotado na frente e no verso do papel o nome de mais de 50 músicas, que já faziam parte do meu repertório, mas respeitei o pedido das aniversariantes e inseri também canções de princesas... Porém, eu tinha passado horas procurando versões mais animadas delas e no final tinha gostado tanto que até resolvi inseri-las definitivamente na minha seleção.

Set List "Baile na Corte"
1. Into Yesterday (Sugar Ray)
2. Fácil (Jota Quest)
3. A dream is a wish your heart makes (Aly & AJ)
4. Proibida pra mim (Charlie Brown Jr.)
5. I Kissed a Girl (Katy Perry)
6. Once Upon a Dream (Emily Osment)
7. Vamos fugir (Skank)
8. You Belong With Me (Taylor Swift)
9. Someday My Prince Will Come (Ashley Tisdale)
10. All Night Long (Lionel Richie)
11. Sunday Morning (Maroon 5)
12. Part of Your World (Miley Cyrus)
13. Pro dia nascer feliz (Barão Vermelho)
14. I am the D.J. (Neon Trees)
15. A Whole New World (Stellar Kart)
16. Hey, Soul Sister (Train)
17. Love You Like A Love Song (Selena Gomez)
18. You Get What You Give (New Radicals)

Ele passou os olhos pela folha e de repente parou, levantando as sobrancelhas.

— Ei! — Ele apontou para um item da lista. — Essa é uma das minhas preferidas! Pode colocá-la? Por favor?

Não respondi. Apenas dei um jeito de diminuir a música que estava rolando e emendei de imediato na que ele pediu, sentindo uma estranha euforia dentro de mim. *You Get What You Give*, do New Radicals, era uma das minhas favoritas também!

Enquanto isso, me peguei desejando que o garoto tirasse a máscara, para que eu pudesse ver se tinha ficado feliz por eu ter atendido seu pedido. Mas, assim que me virei, ele perguntou:

— Você é DJ há muito tempo? Faz isso muito bem.

— Não muito... — expliquei. — Comecei a discotecar de brincadeira, há pouco mais de um ano. Mas amo tanto fazer isso que acabou se tornando uma profissão. Ele assentiu e disse:

— Entendo perfeitamente.

Nós ficamos um tempo só curtindo a música, e quando estava quase no fim ele voltou a falar:

— Já aconteceu de você colocar uma música muito boa, e de repente ver que as pessoas se empolgaram pra valer, e então você sentir a energia delas voltar pra você e aquilo te empolgar a tal ponto de você querer subir na bancada e dançar?

◆ *49* ◆

Olhei para ele meio paralisada, admirada demais para falar qualquer coisa. Ele tinha descrito exatamente o que eu sentia.

— Como você sabe? — perguntei.

Novamente percebi que ele sorriu. Era estranho sentir isso sem poder ver sua boca verdadeira.

— Por dois motivos. Primeiro, porque antes de vir falar com você, já tinha um tempo que estava te observando de longe. Só dava pra ver metade do seu corpo, mas percebi que você estava dançando aqui dentro, totalmente no ritmo. Senti que você estava curtindo de verdade, praticamente se fundindo com a música. Saquei de cara que isso é muito mais do que um trabalho pra você.

Quis responder, mas congelei na primeira frase que ele falou. Ele estava me olhando de longe?

— E a segunda razão é... bem, eu sinto exatamente a mesma coisa.

Consegui abrir a boca para perguntar se ele também era DJ, mas antes que eu fizesse isso ele apontou para o meu relógio e perguntou as horas. Respondi que era quase meia-noite, e ele então falou que tinha que ir para o *backstage*. De repente entendi tudo...

— Ei, você é o responsável pelo som do palco? — perguntei. — Você sabe se o pessoal da banda já está preparado? Porque logo depois que a valsa terminar, eles têm que começar a tocar. Avisa lá para o tal do Fredy Prince que está na hora de parar de comer caviar no camarim e encarar o *difícil* trabalho de iludir garotas bobinhas...

Ele estava meio dançando, mas, quando falei isso, parou no mesmo instante. Aproveitei para olhar se ele estava usando algum crachá ou credencial, mas não tinha nada. Apenas uma roupa de príncipe, exatamente igual à de todos os outros garotos da festa. De diferente ele só tinha mesmo a máscara e... Olhei para o pé dele e fiquei completamente surpresa! Ele estava usando um All Star... preto. Só não era igual ao meu porque a minha tia tinha feito aquela pintura maluca. E um príncipe de All Star eu realmente nunca tinha visto...

— Sim... — ele falou, atraindo a minha atenção para o seu rosto novamente. — Meio que sou o responsável pelo som, sim. Você não gosta da banda que vai tocar? Não acha que o Fredy Prince canta e toca bem?

Eu coloquei a mão na cintura, olhei para os lados e falei perto do ouvido dele, para ninguém mais ouvir:

— Olha... Não tenho nada contra a banda. Mas esse tal de Prince, sinceramente, tenho certeza de que ele usa *auto-tune*. E, além do mais, deve ficar só fazendo mímica em cima da guitarra. Aposto que tem um *playback* tocando no fundo. É esse o seu trabalho? Soltar a música para ele dublar? Pode me contar! Juro que não espalho pra ninguém.

Pelos buracos da máscara, vi que ele arregalou os olhos. Opa. E se, além de trabalhar para eles, ele tam-

bém fosse amigo dos integrantes da banda? Que fora!
Resolvi consertar:

— Desculpa, não é *tão* ruim assim... Mas, se conversar
com ele, diga pra parar de fazer essas músicas tão sentimentais! Até parece que ele está apaixonado.

— Ele não está apaixonado... — o Frederico me interrompeu. — Mas já ouvi o *Prince* dizer várias vezes que
gostaria de estar. Ele adoraria conhecer uma menina diferente das outras. Que tivesse opiniões próprias. Que se
destacasse. Que gostasse das mesmas coisas que ele, mas
que ao mesmo tempo o surpreendesse.

Comecei a rir e falei que naquela festa seria difícil, pois
todas as garotas estavam exatamente iguais: com vestido
longo, coroa e sandália de salto. Suspirei ao lembrar que
dali a pouco eu também estaria daquele jeito...

— Tem razão... — ele disse, olhando em volta. —
Mas quem sabe, né? Às vezes uma pessoa especial pode
estar bem na nossa frente e não conseguimos enxergar
pelo fato de ela estar escondida atrás de um disfarce, fingindo ser quem não é...

Fiquei parada, tentando encontrar algum sentido naquilo que parecia uma metáfora, mas ele logo continuou:

— Tenho que ver se os integrantes da banda estão
prontos. Pode deixar que vou avisar para subirem ao palco antes de a valsa terminar.

Agradeci e ele foi saindo, mas então se virou e perguntou:

— Como você chama? Não vale dizer o nome de alguma carta de baralho...

— Meu nome é Cin... — Eu ainda estava meio fascinada por ele, por isso quase disse o meu nome verdadeiro. Mas no último instante me lembrei de que ninguém ali podia saber quem eu realmente era. — Cin... derela. Eu sou a DJ Cinderela!

Ele fez uma leve reverência, como se fosse mesmo da corte, e — ainda meio curvado — levantou um pouquinho a máscara, apenas o suficiente para dar um beijinho na minha mão, que ele galantemente segurou. Antes que eu tivesse oportunidade de ter qualquer vislumbre do rosto dele, a máscara já tinha voltado para o lugar, e ele então falou:

— Adorei o seu som, Cinderela Pop! Vê se não vai desaparecer à meia-noite... Quem sabe você não acaba gostando do show?

Em seguida, ele me deu uma piscadela e saiu bem depressa em direção ao palco.

Fiquei uns segundos ainda sentindo os lábios quentes dele nas costas da mão, mas de repente percebi que a última música estava terminando. Eu já tinha programado uma sequência com três valsas emendadas para tocar, por isso só tive que apertar o play. Assim que elas terminassem, o som pararia e a banda passaria a ser a responsável pela trilha sonora da festa.

No segundo em que as aniversariantes começaram a dançar ao som dos primeiros acordes, joguei a mochila nos ombros e corri para o banheiro, aproveitando que todo mundo estava olhando para o centro do salão.

Troquei de roupa em tempo recorde. Quando me olhei no espelho, apenas para ver se estava tudo no lugar, fiquei admirada com o que vi. A Lara e a minha tia haviam feito uma mágica! O meu cabelo castanho-claro, normalmente liso e sem graça, estava brilhante, dourado e cheio de cachos que caiam pelas minhas costas. A sombra levemente esverdeada realçou os meus olhos da mesma cor. Até a minha boca tinha ficado mais viva com o gloss cor-de-rosa que elas tinham me obrigado a usar. Tive que admitir que eu estava... bonita.

Sem pedir permissão, meus pensamentos voaram para o garoto da cabine de som. E, mais de repente ainda, me peguei desejando que ele tivesse me conhecido daquele jeito, com meu rosto verdadeiro e não com uma máscara! Com um vestido lindo e maquiagem também... e até com aquela tiara de princesa, que a minha tia havia colocado na minha mochila no último instante! Mas agora ele tinha que trabalhar e provavelmente, quando terminasse, eu já teria ido embora. Com certeza eu nunca mais iria vê-lo...

Subitamente recuperei a sanidade e comecei a dar uma bronca em mim mesma: "Cintia! Qual é? O que está fazendo? Ficou interessada em um cara que acabou de conhecer e de quem você nem viu o rosto direito?! Você sabe perfeitamente que o amor não existe. É uma invenção de Hollywood para iludir mocinhas inocentes e deixá-las com o coração partido depois. Será que a experiência da sua mãe não serviu para nada, hein?! Acorda, garota!"

Então suspirei, saí do banheiro e fui em direção à cabine de som, só para deixar a mochila escondida até a hora de ir embora. Exatamente naquele momento, a valsa terminou e ouvi quando um apresentador anunciou ao microfone:

— Orgulhosamente, tenho a honra de apresentar... Fredy Prince e banda!

Todas as meninas da festa correram para a frente do palco, o que achei muito bom, pois assim seria mais fácil encontrar o meu pai logo. Eu iria cumprimentá-lo, apenas para que ele visse que eu estava presente, e em seguida telefonaria pedindo para a minha tia vir me buscar.

Porém, sem conseguir me controlar, dei uma olhadinha no palco, apenas para ver se o Frederico não estaria em algum canto, ajustando um microfone ou algo assim. E então meu olhar foi atraído para o cantor. Ou melhor, para o cantor, ator, compositor, modelo e sei lá mais quais talentos ele possuía, segundo a Lara tinha me contado. Eu já havia visto o Fredy Prince em revistas e na televisão, mas nunca pessoalmente. E tive que dar o braço a torcer... Ele realmente era *bem* bonito. E charmoso. E tinha um sorriso lindo também. E até que aquela roupa de príncipe combinava perfeitamente com ele, mais do que com qualquer outro garoto da festa. Por curiosidade, dei uma olhadinha para os pés dele. Eu estava esperando um sapato bem chique, caríssimo, daqueles que dão até pena de pisar no chão.

E foi naquele momento que vi que eu estava totalmente enganada. E gelei. Porque o que ele estava usando não era um sapato feito com fios de ouro... Era um simples, básico e preto... *All Star*.

· *Capítulo 6* ·

—Cintia! Estou com vontade de pegar o primeiro avião pra puxar a sua orelha! Vou ter uma conversa séria com a sua tia, ela não devia ter ido te buscar!

Era sábado de manhã e eu finalmente estava falando com a minha mãe pela Internet. Eu tinha acabado de contar sobre os acontecimentos da semana e da noite anterior, o que fez com que ela começasse a gritar. Sério, eu estava vendo a hora em que os japoneses (que, pelo que sei, são sempre discretos e falam baixinho) iam expulsá-la do país por violar alguma lei contra poluição sonora ou algo assim. Não que eu fosse reclamar disso...

Fechei os olhos para tentar me distrair da bronca, e mais uma vez lembrei-me de tudo.

A banda tinha acabado de tocar a primeira música e eu estava embasbacada olhando para o palco — completamente pasma ao constatar que o menino simples e interessante que tinha conversado comigo antes do show e o mega ultra famoso Fredy Prince eram a mesma pessoa —, quando de repente senti alguém colocar a mão no meu ombro. Virei para trás e dei de cara com a *bruxa*. Quero dizer, com a mulher do meu pai, a minha madrasta.

— Então você veio mesmo... Sabia que eu cheguei a apostar com seu pai que não viria? Mas, pelo visto, ele realmente te conhece bem.

Pensei em ignorar e sair andando, mas a raiva que eu tinha daquela mulher me fez falar:

— É claro que me conhece! Afinal, ele viveu comigo por 16 anos, até você chegar e atrapalhar tudo!

Ela me lançou um olhar de desdém e replicou:

— É uma pena que você pense assim, porque todo mundo concorda que ele está bem melhor comigo. Sua mãe era uma esposa muito ausente, você tem que concordar! E agora o seu pai tem uma nova família. Uma mulher dedicada, que cuida dele e da casa, filhas adotivas amorosas, que não viram as costas para ele...

— Desde que ele continue financiando festas caras para elas, não é?

— O que você quer dizer com isso? Está chamando as minhas filhas de interesseiras?! — Ela pegou o meu braço e apertou. Aquelas unhas vermelhas pontudas chegaram até a machucar o meu pulso, e por isso eu fiz força para me soltar. Bem naquele momento, o meu pai apareceu.

— O que está acontecendo aqui? — ele perguntou. Vi um ar de surpresa passar pelo seu olhar e percebi que apenas então ele havia me reconhecido. — Cintia! Você veio! E está linda, uma verdadeira princesa!

• 58 •

A mulher dele fez a maior cara de ódio que já vi na vida, mas, no segundo seguinte, passou a mão pelo meu cabelo, dizendo:

— Sim, ela veio! Não é maravilhoso? Eu estava aqui exatamente dizendo pra ela como fiquei feliz por isso!

Tive vontade de voar no pescoço dela, mas como eu já tinha conseguido o que queria, que era simplesmente encontrar o meu pai, apenas olhei para ele e respondi:

— Vim! E obrigada pelo elogio... Só que eu não vou poder demorar muito, pois tenho que acordar cedo amanhã.

— Ah, mas antes você vai querer ver um pouquinho do show! — Ele segurou meu braço e me levou mais para perto do palco. — Aposto que você também é apaixonada por esse cantor! No quarto das suas irmãs têm vários pôsteres dele, e eu fiquei sabendo que ele é o queridinho de 99,9% das jovens brasileiras!

Se aquilo tivesse acontecido uma hora antes, eu diria que fazia parte do 0,1% que não estava nem aí para aquele garoto. Mas agora eu não tinha mais tanta certeza...

Assim que chegamos na frente do palco, pude olhar para ele de perto novamente e vi aqueles mesmos olhos penetrantes que me desorientaram por completo quando eu estava na cabine de som. Mas agora — sem uma máscara para esconder seu rosto —, percebi que os olhos vinham acompanhados de um sorriso perfeito, de um cabelo que tinha um corte lindo, de um nariz e de um queixo muito bem-formados... e que aquele conjunto simplesmente fazia com que fosse difícil, *muito* difícil, parar de olhar para ele.

A minha madrasta, que viera atrás da gente e eu nem havia percebido, deu um jeito de tirar o meu pai de perto de mim, dizendo que alguns convidados queriam falar com ele. Achei que aquele seria o momento ideal para fugir. No dia seguinte eu telefonaria para o meu pai, explicando que eu tinha comido algo que não caíra bem, ou que havia torcido o pé... Qualquer desculpa que o fizesse acreditar que precisara ir embora depressa, sem nem mesmo me despedir.

Porém, no momento em que me virei na direção da saída, ouvi uma melodia conhecida. Era a música que o Frederico, ou melhor, o *Fredy Prince* tinha pedido para mim! Olhei de novo para o palco, e fiquei surpresa ao notar que ele estava olhando para a cabine de som. Será que ele estava... Não, ele não podia estar querendo ver se eu estava prestando atenção.

Ele começou a cantar e não consegui mais sair do lugar. Na voz dele, aquela música era ainda mais bonita. Fiquei lá, parada, observando, até que ao fim da canção, ele falou:

— Em todo show, escolho uma garota da plateia para dançar comigo. Mas hoje, nessa festa cheia de nobres princesas, eu queria pedir permissão para trazer ao palco uma menina diferente. Ela não veio de um palácio de cristal... Talvez de um castelo de cartas de baralho, desses que a gente vai montando aos poucos e pode cair com um simples sopro. Não conheço seu rosto, mas percebi que ela tem atitude, muita opinião e, certamente... *ritmo*. Tenho certeza de que ela sabe dançar em qualquer compasso. Por isso vai se dar muito bem aqui em cima.

O quê?! Era de mim que ele estava falando?

— Por favor, suba ao palco, rainha de Copas! Ou melhor, DJ Cinderela!

Fiquei parada, sem saber o que fazer. Obviamente ele estava me dando o troco por ter falado mal dele, e agora ia me fazer passar vergonha em público. Mas, poxa, ele tinha que entender que eu ainda não sabia que ele era *ele*!

Por menos que eu quisesse admitir, minha vontade era dançar com o "garoto da máscara" até aquela festa chata acabar, mas agora que eu tinha descoberto sua identidade secreta, não sabia mais o que pensar. Além disso, se eu simplesmente desse um passo para a frente e assumisse que era a pessoa de quem ele estava falando, duas coisas iriam acontecer: primeiro, o meu pai iria surtar. Ele nunca permitiria que a filha dele trabalhasse como DJ, à noite! E segundo, o Frederico iria se decepcionar, porque naquele momento eu não era mais nenhuma "rainha diferente". Era uma princesa comum, igual a todas as outras. E eu não queria que isso acontecesse. Será que era isso

◆ *61* ◆

que eu estava sentindo? Decepção por ele não ser quem eu pensava? Ou será que estava arrependida ao constatar o meu engano, por ter julgado uma pessoa sem conhecê--la e de repente ter que admitir que estava errada?

Completamente confusa, tudo que pude fazer foi sair correndo. Mal me lembrei de pegar a minha mochila a tempo, e foi só quando cheguei à esquina que liguei para a minha tia, que foi depressa me buscar e alugou o meu ouvido por meia hora quando contei o que havia acontecido. Mas pelo visto eu ainda ia ter que escutar muito mais... e da minha mãe, dessa vez.

— Não acredito! — ela continuou a falar pelo Skype. — Você ficou mais de um ano sem se interessar por ninguém e, quando se interessa, põe tudo a perder? Minha filha, será que você não entendeu que o garoto também gostou de você?

Com essa tive que começar a rir. Ele não tinha gostado de mim coisa nenhuma! Nem tinha visto meu rosto! Apenas tivemos uma afinidade profissional, por trabalharmos os dois com música, ainda que de um jeito bem diferente...

Quando expliquei isso, a minha mãe apenas disse:

— Não ter visto o rosto é o de menos! Vai dizer que você não ficou louca por ele muito antes de saber quem realmente era? Pelo que me contou, o que chamou a sua atenção para ele não teve nada a ver com aparência, e sim com a similaridade de gostos e ideias...

• 62 •

Não respondi, porque sobre essa parte ela não podia estar mais certa. Na verdade, acho que eu tinha gostado mais dele antes de saber quem realmente era, quando ainda achava que era um garoto normal e não alguém que saía na capa das revistas toda semana... Mas que diferença aquilo fazia?

— Mãe — consegui falar depois de um tempo. —Na verdade, isso não importa! Não vou vê-lo mais. Não *quero* vê-lo mais. Você sabe o que penso sobre o amor. Simplesmente não existe, é uma coisa que os filmes e livros colocam na cabeça das pessoas e todo mundo sai acreditando, desejando tanto que aconteça, que acaba se apaixonando pelo primeiro ser humano que passa pela frente, simplesmente porque a pessoa sorri, ou é educada, ou...

— Chama a gente para dançar uma música... — a minha mãe me interrompeu. — Cintia, todos os dias sofro por perceber que a minha separação do seu pai tornou você uma pessoa amarga, fria, e até triste... E eu faria qualquer coisa pra mudar isso. Filha, já expliquei. O fato de o meu casamento não ter dado certo não significa que o amor não exista, que as pessoas não possam ser felizes juntas. Você tem que viver a sua própria história! Claro que é bom aprender com a experiência das outras pessoas, especialmente com a dos pais, mas você não pode acreditar que o que aconteceu na minha vida vai acontecer na sua também! E o seu pai... — Ela fez uma pausa antes de continuar. — O que ele fez comigo foi, sim, muito ruim. Mas o fato de ter sido um marido sem caráter não quer dizer que ele seja assim em todas as áreas da vida. Você sabe que ele sempre foi um bom pai pra você. Não precisa ficar sofrendo por mim pelo resto da vida! Eu estou bem, estou feliz! E quer saber? Ando até querendo me apaixonar de novo...

Aquela última frase me deixou totalmente sem palavras. O quê?! Ela queria passar por aquilo outra vez?

— Você costumava ser tão romântica e sonhadora... e de repente virou uma pedra de gelo! Torço muito pra que apareça alguém que derreta o seu coração. Quem sabe não vai ser esse príncipe aí que vai salvar você de si mesma?

— Mãe, é *Prince*, e não príncipe! E isso não é um conto de fadas, tá? É vida real! E quer saber do que mais? Por que estamos tendo essa conversa? Nada disso importa, ele não deve nem se lembrar de mim!

A minha mãe só deu um risinho e falou que achava que ele lembrava, sim, pois não devia ser todo dia que encontrava uma garota que *não* babasse totalmente por ele... E isso me fez lembrar mais uma vez das coisas que eu tinha dito quando ainda não sabia com quem estava falando.

— Mas também por que esse cara tinha que estar de máscara? — perguntei. — Eu o reconheceria se estivesse com o rosto descoberto e certamente não teria falado mal dele!

— Talvez seja por isso mesmo, né? Ele deve ter tido vontade de andar anônimo em uma festa, pra variar... Assim as pessoas não o tratariam de forma especial apenas por ele ser uma celebridade. Inclusive, quem sabe ele não foi dar uma volta disfarçado exatamente pra ver se não conhecia alguma garota que gostasse de quem ele é de verdade e não da imagem que a imprensa criou? Uma garota que se interessasse pelo jeito dele, pelo gosto musical, pelo sapato que ele usa...

Depois daquilo falei que tinha que estudar e me despedi da minha mãe. Eu tinha coisas mais importantes para fazer com o meu sábado, como estudar, arrumar o meu armário, montar a *set list* da festa em que ia tocar naquela noite...

E realmente fiz tudo aquilo. O único problema é que, enquanto eu estudava, a lembrança de um certo par de olhos azuis ficava tirando a minha concentração. Enquanto fazia a lista das músicas, a primeira que anotei foi aquela que *alguém* tinha me pedido no dia anterior. Enquanto arrumava o meu armário, não tive como não ver a minha coleção de All Star de todas as cores e lembrar do elogio que o meu preto, pintado com naipes de baralho e notas musicais, tinha recebido...

Para piorar ainda mais, quando a Lara me ligou para saber como tinha sido a festa, e eu contei a história tintim por tintim, ela arregalou os olhos e falou:

— Ai, meu Deus! Então é de você que ele estava falando? Fiquei meio sem entender, mas ela no segundo seguinte completou: — Cintia, liga o computador e entra no Twitter do Fredy Prince! Você precisa ler o que ele escreveu!

O meu notebook já estava ligado, afinal eu tinha acabado de falar com a minha mãe, então foi só digitar o endereço. Meu coração deu um pequeno salto ao ver a foto dele, o que me deixou meio assustada e aborrecida. O que estava acontecendo comigo? Comecei a ler tudo que ele havia escrito, em sua maioria respostas aos elogios das fãs, até que cheguei a uma mensagem que pelo visto tinha sido postada às 4h da manhã.

 Fredy Prince
@realfredyprince
Acabei de chegar de um "baile na corte"! Obrigado a todos os príncipes e princesas que vibraram com o nosso som, especialmente às aniversariantes!

Ah, era só isso? A Lara era tão dramática... Sim, ele devia estar falando de mim e das outras 3.948.208 garotas que ficaram praticamente babando na frente do palco. Falei isso para ela, que praticamente gritou que eu continuasse a ler.

Fiz o que ela mandou e de repente perdi o ar.

Fredy Prince
@realfredyprince
Cinderela Pop... Nem tive a chance de me despedir... Você realmente desapareceu às doze badaladas!

Tive que colocar o telefone na mesa, pois minhas mãos de repente começaram a suar. Li o próximo *tweet*.

Fredy Prince
@realfredyprince
Espero que tenha escutado um pouco do meu som e curtido, assim como eu curti o seu... Notou a ausência total de auto-tune? :)

Ao ver o sorrisinho que ele tinha colocado ao final da mensagem, um sorriso se formou também nos meus lábios, sem a minha permissão. Aquilo significava que ele não só se lembrava da nossa conversa, como pelo visto não tinha se importado com a minha crítica. Mas por que ele se importaria? Pelo pouco que vi do show, ele realmente não precisava de nenhuma ferramenta artificial. Era mesmo tudo aquilo que diziam. Talentoso. Lindo. Charmoso. Mas, além disso, agora eu sabia que também era humilde, inteligente e espirituoso! E foi isso que fez com que um certo arrependimento começasse a surgir dentro de mim. Será que eu devia ter dançado com ele? No mínimo, agora ele achava que eu tinha fugido de vergonha por tê-lo criticado! Não que essa suposição estivesse errada.

Ouvi uns gritos vindos do meu celular e só então lembrei que a Lara ainda estava na linha.

— Tudo bem, li tudo — eu disse, colocando novamente o telefone no ouvido. — Eu mereço mesmo essa esnobada que ele me deu. É bom pra eu aprender a não falar mal das pessoas sem conhecê-las antes. Vou ter que pedir desculpas caso algum dia tenha a chance de falar com ele de novo. Mas claro que isso não vai acontecer nunca...

Respirei fundo. Então a Lara disse:

— Como assim não vai acontecer nunca? Você leu tudo mesmo? Não viu a última coisa que ele escreveu?

Ainda tinha mais? A minha visão até embaralhou enquanto tentava achar a mensagem de que ela falava. Ao encontrar, o meu coração deu uma cambalhota tripla. Definitivamente algo de *muito* errado estava acontecendo comigo. Aquele garoto não tinha nada de "príncipe"! No mínimo devia ser um bruxo disfarçado, porque só um feitiço explicaria tudo que eu estava sentindo. Ele havia me deixado *completamente*... encantada.

> **Fredy Prince**
> @realfredyprince
> Estou com um dos seus sapatinhos de cristal e só o entrego pessoalmente. Traga o outro pra completar o par. Dia 7 às 21h. Castelo do Rock.

CASTELO DO ROCK APRESENTA:

FREDY PRINCE E BANDA

Venha ver ao vivo o maior astro juvenil da atualidade!

**DIA 27 (QUINTA-FEIRA),
A PARTIR DAS 21 HORAS**

+ DJS + SORTEIO DE BRINDES

Convites limitados! Garanta já o seu!

• *Capítulo 7* •

A princípio, pensei que a história do sapatinho fosse só uma brincadeira. Porém, quando fui arrumar minha mochila mais tarde, comecei a entender que era muito mais sério do que imaginava.

Fui tirando item por item. Primeiro o vestido. Depois a máscara. Na sequência a meia-calça e depois um pé do meu All Star. Olhei lá dentro, mas não encontrei mais nada. Onde tinha parado o outro pé? Virei a mochila do avesso e realmente estava vazia! Corri até o carro da minha tia e olhei em cada cantinho, mas definitivamente ele também não se encontrava ali.

Eu ainda estava pensando o que poderia ter acontecido quando a campainha tocou. Abri a porta meio distraída e levei o maior susto. Imaginaria qualquer pessoa... menos ela.

— O que você está fazendo aqui? — perguntei assim que vi a minha madrasta com aquela mesma cara de bruxa de sempre.

Pensei em fechar a porta, mas antes que eu tivesse a chance de fazer qualquer coisa, ela já havia entrado e se instalado no sofá, sem a menor cerimônia. Fiquei tão pasma com a petulância, que nem disse nada, apenas a encarei, muda. Foi ela quem quebrou o silêncio:

— Por favor, sente-se, Cintia. Tenho algo do seu interesse para propor.

Eu sabia que nada que viesse daquela mulher me interessaria, por isso mesmo não sentei. Em vez disso, bati a porta com força, virei as costas para ela e comecei a subir as escadas, em direção ao meu quarto. Não tinha passado do primeiro degrau quando ela tornou a falar.

— Eu sei o seu segredo. E, se der mais um passo, conto pro seu pai.

Parei no mesmo instante. Percebendo que tinha atraído a minha atenção, ela se levantou, foi até onde eu estava e deu um sorriso muito cínico, que me fez ter vontade de dar um soco, para que ela não pudesse exibi-lo nunca mais!

— Cintia, Cintia... Quando você vai aprender que sou muito observadora? Que sei mais do que aparento? Foi assim com seu pai... Percebi que ele estava infeliz com a sua mãe. Que ela não tinha tempo para ele. Que só ficava viajando por aí, em vez de dar atenção para o marido... Só tive que me mostrar compreensiva. Receptiva. Companheira. E então ele percebeu o quanto sentia falta disso, de ter uma mulher disponível, sempre por perto. Depois disso, foi fácil. Eu sabia que você contaria pra sua mãe caso desconfiasse de algo, então só tive que observar os seus horários. Pensei que você me pegaria saindo da sua casa ao chegar da aula de inglês e que acharia estranho, mas tudo correu muito melhor do que eu tinha planejado. Você nos pegou no flagra. E os meus planos deram certo muito antes do que eu previa...

O quê? Ela estava dizendo que tinha arquitetado aquilo tudo só para separar os meus pais?

— E, ontem, vi quando você chegou disfarçada. Eu a reconheceria até do avesso; você se parece muito com o seu pai, até no jeito de andar. Achei que era alguma armação sua pra estragar a festa das minhas filhas, mas me surpreendi ao ver que você era a DJ! Pensei em te desmascarar ali mesmo, na frente de todo mundo, mas fiquei tão envolvida com a festa que, quando percebi, você já estava com outra roupa. Porém notei de imediato que um outro mascarado tinha ido conversar com você. A princípio pensei ser alguém da sua equipe, mas quando o Fredy Prince chamou uma garota *diferente* para dançar no palco... entendi tudo. Soube imediatamente quem ele era e de quem estava falando. Resolvi acabar com a farsa naquele momento, fui até à cabine de som para procurar provas e vi uma mochila em um canto. Imaginei que seria sua e abri depressa. A minha intenção era pegar a máscara, pois eu sabia que o seu pai teria notado a DJ mascarada, mas no mesmo instante percebi que você vinha correndo. Se me visse lá, acabaria virando o jogo, me acusando de estar *roubando* algo, então simplesmente saí depressa. E depois, de longe, vi que você pegou a mochila e foi embora.

Então tinha sido assim que eu havia perdido o tênis. A minha madrasta tinha deixado a mochila aberta e com isso o sapato escorregou no momento em que eu a peguei. Como estava escuro, nem percebi que ele havia caído. O *Frederico* provavelmente o encontrara depois do show, possivelmente por ter voltado à cabine... Ao pensar nessa possibilidade, o meu coração bateu mais forte. Será que ele tinha ido me procurar?

Mas eu não podia pensar nisso naquele momento. Fingindo uma coragem que eu estava longe de sentir, pois sabia que o meu segredo estava nas mãos dela, repliquei:

— Foi isso que você veio me contar? Que sabia que eu era a DJ? Obrigada pela informação, pode sair da minha casa agora. Tenho coisa muito melhor para fazer do que conversar com você!

Ela me lançou um olhar de ódio, mas em seguida suavizou a expressão e até abriu um sorrisinho.

— Sim... vou embora com o maior prazer. Desde que você me entregue o tal sapatinho.

— Sapatinho?! — perguntei, começando a entender o real motivo daquela visita.

— O que o Fredy Prince mencionou no Twitter! — Ela praticamente cuspiu as palavras. — As minhas fi-

• 73 •

lhas estão desesperadas atrás da dona desse sapato para comprá-lo! Mas eu sabia muito bem a quem ele pertencia. Recebi um telefonema hoje de alguém que se dizia convidado da festa e que gostaria do contato da DJ. Como se eu fosse mesmo informar! Dei o número de um açougue. Sei muito bem que, na pressa de ir embora, você deve ter deixado um sapato cair do seu pé, o tal que o Fredy quer devolver. Por isso, me entregue logo o outro que eu deixo você em paz e guardo o seu segredinho...

— E se eu entregar o sapato, o que elas vão fazer com ele?

Ela me olhou como se eu fosse uma tapada completa.

— Não é óbvio? Elas vão levá-lo para o Fredy! Você estava de máscara, podia ser qualquer uma ali. Ele vai acreditar em qualquer menina que chegar ao tal lugar com um sapato igual ao que está com ele! Vou dar para as minhas filhas, tem que caber no pé de uma delas, nem que para isso tenham que cortar um pedaço do dedo!

Aquilo era tão ridículo que tive vontade de rir. Será que ela não percebia que não tinha como as aniversariantes terem sido as DJs da própria festa? Em vez de compartilhar meus pensamentos, apenas perguntei:

— E se eu não fizer isso? Se eu não entregar meu sapato para você, o que acontece?

Ela me olhou bem nos olhos antes de responder:

— Vou contar pro seu pai o que você anda fazendo à noite. Sabia que é ilegal menores de idade trabalharem sem a autorização dos pais? Com certeza ele vai proibir uma clandestinidade dessa!

Eu não sabia se aquilo era verdade ou se ela estava só blefando. Em todo caso, preferi não arriscar.

— É só isso? Se eu entregar o sapato, você me deixa em paz? — perguntei.

Ela pareceu surpresa por ter sido tão fácil e só assentiu, meio desconfiada. Dei meia-volta e fui até o meu quarto. Ignorei o meu All Star de naipes de baralho e peguei o pé direito da sandália cor-de-rosa, a que eu havia usado com a fantasia de princesa. Ela queria algo parecido com um sapatinho de cristal? Pois era isso que ia ter.

— Aqui está.

— Tem certeza de que é essa? — ela falou enquanto girava a sandália de um lado para o outro, procurando algum sinal de que eu estivesse mentindo.

Assenti rapidamente, explicando que eu tinha mesmo tropeçado ao ir embora, e que sem querer a sandália havia saído do meu pé. Ela ainda pareceu meio desconfiada, mas talvez por perceber que a cor combinava perfeitamente com a do vestido, a guardou com cuidado dentro da bolsa e se virou para sair. Porém, antes de chegar à porta, ela colocou o dedo na frente do meu nariz e falou:

— Escute aqui, mocinha: se tiver qualquer armação nessa história, você vai se arrepender de ter nascido! Entendido?

Fiz que sim com a maior cara de inocente possível, e ela saiu, batendo a porta atrás de si.

A minha tia, com o barulho, veio ver o que tinha acontecido, e me pegou parada olhando para a porta fechada.

— O que houve, Cintia? — ela perguntou, meio assustada. — Tinha alguém aqui?

— Uma bruxa — respondi. —Mas ela vai ser atingida pelo próprio feitiço...

— Do que você está falando?

Não respondi. Apenas fui para o meu quarto para começar a me arrumar. Sabia que, quando a minha madrasta descobrisse que aquele sapato não era bem o que ela queria, eu iria sofrer as consequências. Provavelmente aquela seria a última noite que trabalharia como DJ, então queria chegar bem cedo para aproveitar bastante. Eu tinha certeza de que aquele emprego me deixaria com muita saudade...

· *Capítulo 8* ·

No dia seguinte, todos os jornais e revistas noticiaram que pelo visto o *príncipe das adolescentes*, o famoso Fredy Prince, havia conhecido uma princesa. O que ele tinha postado no Twitter foi reproduzido incessantemente na mídia, e percebi que ele não parava de ser interrogado a respeito. O Fredy demorou um pouco para se manifestar, mas então deu uma declaração dizendo que aquilo não tinha a proporção que a as pessoas queriam que tivesse, pois apenas havia conhecido uma garota diferente. Segundo ele, a tal menina era só alguém com quem ele gostaria de ter tido mais tempo para conversar, porque, pelo pouco contato que os dois tiveram, deu para perceber que era alguém especial. Alguém de quem ele gostaria de ser amigo. Alguém que parecia ter os mesmos gostos e opiniões que ele. Alguém que ele gostaria de conhecer melhor... Mas ele também sabia que a menina dificilmente iria se manifestar sob tantos holofotes, pois parecia ser muito discreta. E, dizendo isso, pediu que dessem espaço para que a garota se sentisse à vontade para aparecer.

Aquilo só atiçou ainda mais os repórteres, que não paravam de escrever manchetes sensacionalistas como "Príncipe solitário procura princesa misteriosa" ou "Quem será a dona do sapatinho que roubou o coração do solteiro mais cobiçado do país?", entre outras parecidas.

Toda aquela situação fez com que eu experimentasse sentimentos contraditórios. Ao mesmo tempo em que eu estava meio com raiva por ele ter feito o maior escarcéu sobre aquilo, eu sabia que aquela tinha sido a única forma que havia encontrado de chamar a minha atenção. De que outro jeito poderia entrar em contato comigo? Agora eu sabia bem que a minha madrasta nunca passaria o telefone da empresa de som da festa das filhas.

Mas, mais do que tudo, ao ler as palavras dele, não pude deixar de me identificar Eu também queria ter tido tempo de conhecê-lo melhor... para que me convencesse ainda mais de que ele não era nada do que eu havia pensado. Agora que eu sabia que não era fingimento, havia começado a ouvir as suas músicas com mais atenção, a ler as entrevistas com outros olhos e, com isso, a descobrir que ele era uma pessoa normal, com sentimentos, planos e desilusões... Era exatamente como o garoto dos sonhos que eu costumava ter, o garoto que eu imaginava estar em algum lugar do mundo, esperando só por mim, mas que acabei esquecendo, depois de tudo que passei com a separação dos meus pais.

A minha tia, após dizer umas mil vezes que eu estava diferente, acabou arrancando a informação de mim, e, assim que contei, foi como se aquele sentimento que eu estivera escondendo até de mim mesma tivesse desabrochado. Eu nunca tinha experimentado nada parecido! Comecei sentir alegria e tristeza alternadamente. Eu estava feliz por ele ter sentido o mesmo que eu, aquela afinidade à primeira vista, mas também desconsolada, por saber que aquilo ficaria assim, na lembrança do nosso curto primeiro encontro. Eu queria encontrá-lo novamente, para que ele pudesse provar que eu devia deixar cair o resto da muralha que havia construído em volta do meu coração.

A tia Helena adorou a notícia e tentou me convencer a tudo custo a ir ao tal show no Castelo do Rock, mesmo sendo em uma quinta-feira. A minha tia possuía regras rígidas sobre sair em dias úteis, mas naquele caso ela nem pareceu se importar. Por mais que ela insistisse, porém, eu sabia que não podia comparecer. Tinha certeza de que a imprensa estaria em peso no local e eu não teria como conversar com o Frederico (sim, para mim ele continuava a ser aquele garoto da máscara e não o pop star Fredy Prince) sem ser fotografada. Além disso, iria fazer as filhas da minha madrasta passarem vergonha ao mostrar o sapato errado, e se elas me vissem por perto, eu correria sério risco de vida...

Definitivamente eu não ia passar nem perto daquele local. Mas, se eu tinha certeza disso, por que aquele aperto no meu peito não passava?

A imprensa e as pessoas continuaram a falar sobre o assunto e o nome "Fredy Prince" não saía dos *Trending Topics* do Twitter nem por um segundo. Os programas de televisão sensacionalistas não paravam de comentar a respeito e em um deles, inclusive, presenciei uma entrevista das minhas meias-irmãs, contando que havia sido na festa delas que o príncipe conhecera a tal princesa, e que o país inteiro teria uma surpresa no Castelo do Rock. Eu sabia perfeitamente que a "suposta" surpresa era que uma delas seria a garota misteriosa, mas elas não tinham nem ideia que a surpresa maior seria exatamente delas, quando mostrassem o sapato errado...

Para piorar ainda mais, no dia do show ele postou uma nota em sua página do Facebook.

> Sei que você deve estar assustada e inibida, e vou entender perfeitamente caso não apareça. Mas eu gostaria muito de ver você de novo. Os seus olhos e a sua voz não saíram da minha cabeça desde aquela noite. E também o seu jeito de dançar. Quero tanto saber mais sobre você... Por algum motivo inexplicável, acho que tivemos uma sintonia naquela noite. Será que você sentiu o mesmo? Espero que venha me contar.

Depois de ler aquilo, não tive como não me render. Eu tinha que ir àquele show! Não importava mais se eu fosse forçada a largar o trabalho. O meu pai podia até me obrigar a fazer isso, mas eu não podia mais mentir para mim mesma; o fato é que não me sentia feliz assim havia muito, muito tempo. E aquela felicidade aplacaria um pouco a tristeza por ter que deixar de ser DJ.

Quando contei para a Lara e para a minha tia que tinha mudado de ideia, as duas só faltaram soltar fogos de artifício! Eu não sabia se era por acharem que meu coração estava descongelando ou pela possibilidade de também virem a conhecer o Fredy Prince, caso eu realmente me aproximasse dele...

Mas seja qual fosse a razão, as duas não me deram sossego até à noite.

— Cintia, você tem que descobrir mais sobre ele! — a Lara disse já pegando o computador e entrando em alguns sites de celebridades. — Sabendo do que ele gosta ou não, vai ser mais fácil conversar, puxar assuntos interessantes...

Tudo que eu mais queria era conhecê-lo melhor, mas não via o menor sentido em fazer isso através de um portal de fofocas! Eu queria que *ele* me contasse, queria ir descobrindo aos poucos sua personalidade, seus planos, sua história.

Mas, ainda assim, não consegui deixar de ler quando a Lara colocou na minha frente uma entrevista que ele tinha dado no mês anterior, pois, além do título me atrair, percebi que era um blog pequeno e não um site badalado.

◆ *81* ◆

Blog da Belinha

Queridos leitores, sei que normalmente escrevo sobre livros, mas trago hoje provavelmente a postagem mais top que esse singelo blog já publicou! Como já disse algumas vezes, conheci o Fredy Prince quando ele ainda era um simples pirralho (e eu era ainda mais pirralha, mas abafa!). Na época, ele ainda era apenas o Frederico, meu vizinho, e passava todas as tardes na minha casa, ~~me atrapalhando de ler, pois não parava de espancar aquele violão desafinado que ele tinha~~, enquanto os pais trabalhavam. Por isso, posso afirmar pra vocês que ele não ficou famoso da noite para o dia! Além de fazer aulas de violão e guitarra, ele era muito estudioso (bem mais que eu, pois minha mãe vivia falando que eu devia ser um pouco mais como o Fredy e tirar notas boas) e também sempre foi muito persistente. Lembro de uma vez que ele estava jogando bola no quintal e a chutou em um terreno baldio, sem querer. Ele não sossegou enquanto não pulou o muro e trouxe a bola de volta, mesmo com o cachorro gigante que tomava conta do lugar. Sabe da maior? O cachorro simplesmente ficou encantado com ele. Acho que ele já tinha esse dom desde pequeno... de (en)cantar.

Mas chega de delongas, vamos à entrevista, que eu consegui porque o Fredy estava me devendo uma desde os 10 anos, quando comeu um pedaço do bolo que minha mãe tinha acabado de fazer (e que tinha mandado ninguém mexer) e eu tive que mentir que tinha sido o meu periquito.

Espero que vocês gostem! Tentei fazer perguntas diferentes das que vocês leem em todos os sites... Não se esqueçam de comentar e de seguir o blog!

FREDY PRINCE COMO VOCÊ NUNCA VIU... (OU LEU).

Belinha: Fredy, hoje em dia todo mundo te chama de príncipe das adolescentes. Conta pra gente: Se pudesse namorar uma princesa da Disney, qual seria? E nem adianta me falar que não conhece as princesas, lembro perfeitamente que eu te fazia ver todos aqueles desenhos até você decorar as músicas para tocar pra mim no violão!

Fredy Prince: Que difícil... Todas as princesas têm seus encantos. Adoro os cabelos da Ariel, a voz da Bela Adormecida, a meiguice da Branca de Neve, a inteligência da Bela... Sem falar que todas elas têm o corpo perfeito! Mas acho que se eu tivesse que escolher uma, ficaria com a Cinderela... Aquela menina tem que ter alguma coisa a mais para o príncipe ter batido o olho e se apaixonado de primeira, mesmo com o salão lotado de gatas! Gostaria muito de descobrir que "coisa" é essa...

Belinha: Então quer dizer que você é curioso. Entre fuxicar o celular da namorada ou ler o diário secreto do Super-Homem, o que você escolheria?

Fredy Prince: Poxa, claro que eu leria o diário. Eu não olharia o celular da minha namorada... quero dizer, se eu tivesse uma. Acho que a confiança é fundamental pra um relacionamento sadio. Mas, bem, se ela deixasse dando sopa em cima da mesa e chegasse uma mensagem, talvez eu desse uma olhadinha... Mas rapidinho, só pra ver se não era de algum admirador...

Belinha: Ciumento, hein? Então me diz, qual era o seu brinquedo preferido durante a infância? E se algum amigo te pedisse emprestado? Você emprestaria ou daria uma desculpa? Olha lá o que vai responder... Lembro que uma vez eu peguei seu violão pra tocar e você só faltou morrer! Só não me bateu porque... Bem, eu era só uma menininha, né?

Fredy Prince: Você era como uma irmãzinha pra mim, mas eu nunca bateria em você e nem em mulher nenhuma, independentemente da idade! Só fiquei meio tenso naquele dia porque o violão tinha sido do meu avô e ele havia me dado na maior confiança, disse que sabia que eu cuidaria bem dele. E você era meio, hum, estabanada, se me lembro bem... e com sete anos ainda não tinha noção de que aquilo era um instrumento musical, e não um simples brinquedo...

Belinha: Você me emprestaria hoje?

♦ *84* ♦

Fredy Prince: Hum, não. Mas voltando à sua pergunta sobre o brinquedo preferido, eu não sou ciumento, juro! Olha só, eu gostava muito do meu autorama. E nesse jogo quanto mais gente participar, melhor. Então eu emprestava para os meus amigos, desde que fossem brincar na minha casa, claro.

Belinha: Ah, ok. Bom, vamos falar sobre música. Quando você descobriu que gostava de compor? Qual foi a sua primeira composição?

Fredy Prince: Descobri ainda na adolescência. Eu tinha um cachorro, que se chamava Joãozinho, lembra dele? Sempre que eu ia estudar violão, ele ficava do meu lado, mesmo quando eu tinha que repetir a mesma lição umas 17 vezes. Então, um dia, no meio do estudo, eu estava entediado e comecei a trocar a letra de uma música, fazendo uma serenata pro meu cachorro. Acho que ele gostou, pois começou a uivar, tipo cantando junto comigo. Aí peguei gosto pela coisa e comecei a escrever mais letras para várias músicas que já existiam. Até que um dia fiz também a melodia e nunca mais parei.

Belinha: Você pode contar pra gente como era a música do seu cachorro? Já pensou em gravá-la em algum CD?

Fredy Prince: Claro, era assim:
(cantando)
Joãozinho você é meu amigo
Com você não corro perigo
Cada acorde que eu toco no violão

Você escuta e nunca me deixa na mão
Todo dia me acorda com uma lambida
Como se eu fosse uma deliciosa comida
Joãozinho você é um amigão
Por isso vou te dar um pedaço de pão!

Belinha: Ah... parabéns, que composição mais, hum, "peculiar"! Bem, não precisa responder o resto da pergunta, acho que está bem claro que você não vai gravá-la, não é?

Fredy Prince: Sim, eu não teria coragem de colocá-la em um CD, pois ela me deixa muito triste e não quero que os meus fãs sintam essa tristeza. Toda vez que eu começo a cantar, morro de saudades do Joãozinho...

Belinha: Ele morreu?

Fredy Prince: Não sei. Minha mãe o deu para os outros, porque quando cantei a música pra minha família, ela descobriu que o motivo dos pães que ela comprava estarem sumindo era por eu dar tudo pra ele. E também que depois que todos se deitavam eu o colocava para dormir na minha cama...

Belinha: Entendo... Bom, vamos falar de coisas felizes então. Suas músicas estão sempre no topo das paradas. O que você sentiu quando ouviu sua voz no rádio pela primeira vez?

Fredy Prince: Eu pensei: "O que diabos fizeram com a minha voz?". Só que depois me contaram que minha voz realmente É assim. Para mim ela soa bem melhor! Já ouviu sua voz gravada? Não? Cuidado, você vai ter uma grande decepção..

Belinha: Obrigada por avisar... Pra terminar, para que ano você iria, se tivesse uma máquina do tempo e pudesse escolher qualquer época, no presente ou no futuro?

Fredy Prince: Escolheria o futuro, mas o ano eu não sei... Gostaria de saber o dia em quem vou conhecer a princesa dos meus sonhos... Porque assim, quando eu voltasse para o presente, cada dia até aquele seria mais feliz do que o anterior, pois eu saberia que seria um a menos para encontrá-la.

Belinha: Que romântico! Bom, então deixe um recado para essa garota que você ainda não conhece... Quem sabe ela não lê e resolve aparecer logo?

Fredy Prince: Aí é que está... Essa garota não está me esperando. Tenho a sensação de que ela vai aparecer de surpresa, e que eu também surgirei assim para ela. Ela vai gostar de mim pelo meu jeito de pensar e não porque eu sou "o" Fredy Prince... Só posso torcer pra que ela apareça logo. Mas algo me diz que ela não vai demorar. E por isso já estou vivendo mais feliz a cada dia, pois sei que estamos prestes a nos encontrar.

Essa foi a entrevista exclusiva do Fredy Prince para o *Blog da Belinha*. Ele não é um fofo?

Até a próxima!

Belinha

Terminei de ler com o coração disparado. Aquela era realmente uma entrevista diferente das outras! E a menina do blog tinha razão, ele realmente era fofo... Não parecia de forma alguma um pop-star, ídolo de milhares de meninas e que saía em todas as capas de revista. Ele era um menino comum, sensível, engraçado, um pouco sem noção... e que gostava da Cinderela! Naquela parte eu tive que rir com a coincidência. Mas o mais importante era o que ele tinha dito a respeito da "princesa" que esperava encontrar... Será que ele achava que aquela menina era eu? Será que eu *realmente* era aquela menina?

O fato é que depois de ler, até deixei que a tia Helena me embelezasse, antes de ir para o show. Quer dizer, mais ou menos... Por mais que quisesse que eu usasse um vestidinho, coloquei uma calça jeans, mas permiti que ela arrumasse o meu cabelo e me maquiasse, embora só um pouquinho. Por mais que achasse que ele fosse se decepcionar, eu queria que daquela vez ele me encontrasse com eu realmente era. Sem nenhuma máscara.

Ao chegar ao local, notei que as minhas mãos estavam suando. Ainda bem que a Lara tinha concordado em ir comigo, porque certamente eu teria dado meia-volta se a minha melhor amiga não estivesse por perto para me dar um empurrãozinho.

O espaço estava lotado de garotas. Pude notar que a maioria estava com sapatos na mão, e alguns realmente pareciam de cristal! Onde elas tinham arrumado aquilo? Na loja da Disney? O que ninguém podia imaginar era que o verdadeiro "sapatinho" estava no meu pé. Eu estava torcendo para que, no escuro, ninguém percebesse que eu estava com dois All Stars diferentes. No pé esquerdo, um simples, preto, sem nenhuma pintura. Mas no direito... era exatamente o par daquele que possivelmente ele estava segurando naquele momento.

Em um canto, notei que um DJ estava colocando músicas bem animadas, preparando o clima para o show. Eu o reconheci e fui cumprimentá-lo, e ele perguntou se eu não gostaria de "trabalhar" um pouquinho. Ri e falei que estava de folga naquela noite, mas as picapes eram tão irresistíveis que acabei fazendo um pequeno *looping* na música que estava tocando.

Quando o Castelo do Rock ficou bem cheio, praticamente sem espaço para ninguém se mover, o show começou. Daquela vez eu já sabia o que veria, mas mesmo assim o meu coração disparou. Se eu ainda tinha alguma dúvida de que estava gostando daquele menino, naquele momento não havia mais nenhuma. Foi olhar para o palco e tive certeza. Não me importava mais se ele iria me iludir, me enganar ou me fazer sofrer, porque sofrimento maior seria abafar aquele sentimento.

Fomos para um lugar mais afastado, onde em que poderíamos assistir ao show de cima, e fiquei tão envolvida que nem vi o tempo passar. Quando dei por mim, ele já estava se despedindo da plateia e o som da banda foi substituído novamente pelo do DJ.

— Ci, acho melhor a gente conversar com aqueles seguranças que estão perto do palco e explicar que você é a garota que o Fredy está esperando... Ele não vai ser doido de vir aqui! Esse lugar está tão cheio que o garoto acabaria sufocado por essa mulherada toda. Acho que é melhor você conversar com ele lá dentro.

Concordei, mas, ao chegarmos perto do palco, vi que não seria nada fácil; parecia que todas as garotas haviam tido a mesma ideia, e uma fila gigante estava se formando.

De repente o som foi interrompido e um assessor da banda foi até o microfone.

— Atenção, garotas. Nada de tumulto. Peço a todas que estão com o *suposto* sapato que o Fredy Prince está procurando para ficarem com ele em mãos. Passaremos pela fila filmando todas vocês com transmissão direta para o camarim. No momento em que encontrar o sapato certo, o Fredy nos dará um sinal e então levaremos a moça até ele.

No mesmo instante apareceu um rapaz segurando uma filmadora e o barulho se tornou ensurdecedor. Muitas meninas estavam indignadas, pois pensaram que teriam a chance de falar com o Fredy. Outras tantas começaram a argumentar que poderiam haver muitos sapatos iguais, e algumas ficavam indagando sobre como ele teria certeza se não visse o sapato de perto. No meio disso tudo, notei a minha madrasta emergindo da multidão com as filhas a tiracolo e indo para a frente de todo mundo, sem o menor pudor de furar a fila. Houve um grande bate-boca, que foi logo interrompido pela voz do assessor.

— Meninas, peço que aguardem só mais um momento, pois antes da filmagem dos sapatos o Fredy Prince receberá as donas da festa em que tudo isso começou. Ele espera que elas tenham alguma pista sobre quem ele procura. Para comprovar que é apenas isso, que não estamos protegendo ninguém, vamos filmar o encontro delas com o Fredy Prince e simultaneamente transmiti-lo no telão.

Em seguida elas foram escoltadas através de uma porta lateral, com uma expressão de triunfo, como se em poucos segundos fossem ser coroadas. As três mal tinham entrado no camarim e a imagem delas apareceu na grande tela que ficava atrás do palco. Eu já sabia o que ia acontecer, mas comecei a ficar desesperada. Pensava que o mico que pagariam seria apenas na frente do Fredy, e não da festa inteira...

— Lara, vamos embora? — perguntei. — Vai dar problema. Vamos sair daqui enquanto é tempo!

— E perder o melhor da festa? — ela falou com os olhos fixos no telão. — Nunca! Estou mais ansiosa pra ver isso do que o último capítulo da novela!

Suspirei e esperei pelo pior.

As três entraram no camarim, e no mesmo instante o Frederico perguntou se elas tinham encontrado o telefone da empresa que fizera o som na festa. Senti um aperto no peito por constatar que ele parecia muito ansioso, e também por ter certeza de que ele nunca receberia aquela resposta.

Eu estava certa. A minha madrasta, em vez de responder, mostrou a minha sandália cor-de-rosa, visivelmente satisfeita, crente que, no segundo seguinte, ele a chamaria de *sogra* ou algo assim... Mas ele ficou parado, esperando. Ela então começou a explicar que, como as filhas eram gêmeas, não sabiam exatamente a qual delas a sandália pertencia, pois ambas tinham "brincado de DJ" no aniversário e também ficado descalças no final da festa, por estarem com os pés inchados de tanto dançar. Então qualquer uma das duas podia ter perdido o outro pé da sandália. Mas ele podia escolher a que preferisse, pois não existia rivalidade entre as irmãs.

Senti tanta vergonha por ela! Será que não ficava nem um pouco constrangida de oferecer as filhas assim, como se fossem doces em uma bandeja? Mas as duas pareciam bem satisfeitas com a oferta da mãe; na verdade, pareciam se sentir honradas.

— Lara, vamos embora! — pedi mais uma vez.

Eu realmente não queria ver aquilo. A minha amiga nem se moveu. Parecia hipnotizada pela tela. Só me restou assistir também.

O Fredy pegou a sandália, meio a contragosto, pois tinha praticamente sido jogada na mão dele, deu uma breve analisada e logo falou:

— Acho que houve algum engano. Mas obrigado pela presença.

Os seguranças começaram a direcioná-las para a saída, mas elas pareciam dispostas a continuar ali.

— Mas é esse o sapato que você está procurando! — a minha madrasta meio gritou. — Eu sei que é! Foi na festa das minhas filhas que você encontrou o outro. Aliás, onde ele está? Precisamos formar o par!

— Minha senhora — um segurança indicou a porta —, ele já falou que não é esse sapato. Pode nos dar licença, por favor? A fila está muito grande, e não queremos deixar as outras meninas esperando.

— Mas ela me garantiu que era esse! — ela gritou, enquanto o segurança praticamente a empurrava para fora e uma vaia gigantesca se propagava pelo local. — Ela vai me pagar muito caro!

Ops. Eu sabia que estava falando de mim. E a fúria que vi no rosto dela, poucos segundos antes de o telão congelar na imagem do Fredy, me deu arrepios. Até a Lara estava com a expressão meio assustada. Por isso, insisti mais uma vez que a gente fosse embora.

— De jeito nenhum! — ela respondeu. — Agora é que você tem que entrar naquela fila pra esfregar no rosto da sua madrasta que ela não manda em você!

— Você não entende... Ela vai querer se vingar! Não vai se contentar em apenas contar para o meu pai sobre o meu trabalho como DJ.

A Lara apenas deu de ombros e falou que, além daquilo, não tinha nada mais que ela pudesse fazer para me prejudicar. Mesmo sem ter certeza de que concordava, entrei na fila. Poucos minutos depois o meu celular tocou, com um número desconhecido.

— Não atende! — a Lara gritou, um pouco tarde demais. Eu já tinha falado alô. E a voz que ouvi em seguida poderia realmente ganhar um prêmio de voz mais horripilante do mundo.

— Você está se achando muito esperta, não é? — Dava para ouvir os dentes dela trincando enquanto falava. — Sei perfeitamente que está rindo da minha cara em algum lugar dessa fila... Mas vou te dar um aviso: Se eu ligar a internet amanhã cedo e ler em algum lugar que o Fredy Prince encontrou a dona do sapato, você vai perder tudo que ainda te resta. A escolha é sua!

Ela desligou antes que eu pudesse falar qualquer coisa. Fiquei uns segundos ainda com o telefone na orelha, ouvindo a ameaça ecoar na minha cabeça. Não sabia o que a minha madrasta poderia fazer, mas tinha certeza de que arranjaria alguma coisa, inventaria a pior forma possível de se vingar... Eu já tinha perdido o meu pai e a minha mãe. E agora, se mostrasse o meu tênis para o Frederico, ele sorriria, nós conversaríamos, eu ficaria ainda mais apaixonada e, no dia seguinte, ele também me seria arrancado.

Não. Eu preferia não conhecer aquela felicidade a ter que perdê-la depois.

Por isso, ignorando os gritos da Lara para que eu não saísse do lugar, simplesmente me virei. Dei uma última olhada para o rosto do Frederico, congelado no telão, segurei uma lágrima que ameaçou cair e fui em direção à saída.

· *Capítulo 9* ·

A cordei no dia seguinte sem noção de tempo e espaço. Parecia que ainda estava dentro de um sonho. Um sonho cor-de-rosa. Nele eu dançava com um príncipe inteligente, espirituoso, criativo, educado e... lindo. De repente, abri os olhos e vi a roupa preta que tinha usado na noite anterior. Voltei à realidade e me levantei depressa. Olhei as horas e fiquei surpresa ao constatar que já era quase meio-dia! Na noite anterior, com tudo o que tinha acontecido, eu havia me esquecido de colocar o despertador para tocar... Mas eu não podia ter perdido a aula, estávamos no final do ano, eu tinha mil provas! Eu só esperava que a Lara tivesse inventado uma desculpa muito boa para cobrir a minha falta.

Abri as cortinas e vi que uma chuva fina pairava sobre a cidade, deixando tudo cinza. Era assim também que eu estava me sentindo. Sem cor. Sem graça. Sem vida. Fiquei um tempo olhando pela janela, tentando lutar contra a tristeza que estava me invadindo, e então, em um ímpeto, liguei o computador.

Respirei fundo e digitei "Fredy Prince" no Google. Imediatamente várias notícias surgiram. Escolhi a mais recente, que pelo visto tinha acabado de ser publicada.

PRÍNCIPES TAMBÉM LEVAM FORA!

O mega-astro Fredy Prince, conhecido como o "príncipe das adolescentes", teve uma desilusão amorosa em público na noite passada. Alguns dias atrás, ele deixou transparecer em suas redes sociais que tinha conhecido alguém especial. No entanto, a tal garota sumiu como que por encanto, e por isso ele fez uma súplica para que ela o encontrasse ontem, em um show de sua banda. Apesar de centenas de adolescentes terem lotado o local, a musa do galã não apareceu. Ainda de madrugada, ele escreveu uma mensagem em sua página oficial no Facebook:

Pensei que você tivesse sentido o mesmo que eu. Mas agora sei que amores à primeira vista só existem nas minhas canções. Aquela princesa pop era apenas fruto da minha imaginação...

A mensagem foi logo apagada, mas já havia repercutido em todo o mundo virtual. Desse episódio só ficou uma certeza: o gato não ficará triste por muito tempo... Não faltarão candidatas para ajudá-lo a curar o seu coração partido!

Fiquei parada olhando para a tela, me sentindo mais vazia do que nunca. Abaixei a cabeça e me permiti ficar triste de verdade por alguns minutos. A minha madrasta, em compensação, devia estar bem feliz agora, por eu ter "acatado a ordem" dela. Suspirei ao imaginar como aquelas manchetes poderiam ser diferentes caso eu não tivesse lhe obedecido e lutado pelo meu amor.

Meu *amor*. Aquelas palavras, ainda que ditas apenas em pensamento, me assustaram. Mas era exatamente aquilo. Em poucos dias, aquele menino tinha se tornado parte do meu mundo e mudado tudo, mas meu amor teria que ficar ali. Escondido no meu coração.

Eu ainda estava na frente do computador, me contorcendo em autopiedade, quando a campainha tocou. Imaginei que seria a Lara, vindo direto da escola, provavelmente para saber o motivo da minha falta e para comentar os últimos acontecimentos. Eu não estava com vontade de conversar com ninguém, mas mesmo assim me arrastei até a porta, ainda de pijama. Porém, ao abrir, desejei poder voltar o tempo e nunca ter levantado. Era a última pessoa que eu queria ver naquele momento. O meu pai.

— Filha — ele falou meio assustado, me olhando de cima a baixo. — Você está doente?

Eu estava tão atônita que, em vez de pensar rápido e confirmar, dizer que estava morrendo de uma doença muito contagiosa e que, se fosse ele, iria embora correndo, apenas balancei a cabeça e falei que estava tudo bem.

— Então é tudo verdade! — ele disse com uma expressão diferente. A preocupação substituída por censura.

— O que é verdade? — perguntei, já na defensiva.

Em vez de responder, ele entrou, fechou a porta e me estendeu um envelope, que só então percebi estar na mão dele. Peguei, meio apreensiva, abri e vi que dentro havia várias fotos minhas, trabalhando como DJ.

— Onde você arrumou isso? — perguntei só por perguntar.

Eu sabia perfeitamente a resposta. Eram fotos de algumas festas em que eu tinha tocado, que ficavam como portfólio no site da empresa de som do Rafa. Mas eu nunca imaginaria que o meu pai iria encontrar aquilo: ele era totalmente à moda antiga, mal sabia ligar o computador!

— Elas foram deixadas na minha porta hoje cedo. Acho que por algum dos vizinhos, que não quis se identificar. Pela data, a última delas é de ontem à noite. — Ele me mostrou uma foto em que eu realmente estava com a mesma roupa da noite anterior. Pelo visto tinha sido tirada no único minuto que eu passara na cabine de som do meu amigo. Eu sabia muito bem quem era a responsável e também que não fora nenhum vizinho que tinha deixado na porta dele... Mas, antes que eu pudesse comentar qualquer coisa, ele falou: — Cintia, quero que você faça sua mala *agora*. Você está indo comigo pra casa.

— A minha casa é aqui — falei, fingindo uma calma que estava longe de sentir.

— Não, não é — ele disse, tirando as fotos das minhas mãos antes mesmo que eu terminasse de olhar. — Por mais de um ano permiti que você ficasse aqui, porque sabia que você estava muito abalada com a separação, e não queria forçar você a fazer nada, para não aumentar o seu sofrimento. Mas estou vendo que essa não foi a decisão correta. Eu nunca imaginaria que a sua tia cobraria aluguel de você e que por isso você seria obrigada a trabalhar! Ainda mais à noite e em dias de semana! Não é de se admirar que não consiga se levantar de manhã para ir à escola!

— Não tem aluguel nenhum! — gritei. — Eu faço esse trabalho porque eu gosto! Porque é a única coisa que me distrai dos meus problemas! — Apontei para ele enquanto falava a última palavra. — E ontem à noite eu apenas fui a um show! Não estava trabalhando! E sei perfeitamente quem tirou essas fotos!

— Cintia, não importa quem as tirou, e sim o que elas provam. Está na cara que você não sabe tomar conta de si mesma! Se ontem você não estava trabalhando por ter sido obrigada, é ainda pior! Faltou aula pra ficar dormindo, depois de ter ficado na balada a noite inteira? Onde estava a sua tia que permitiu uma coisa dessas? É óbvio que ela também não é responsável o suficiente para cuidar de você.

— Como assim não sou responsável? — A porta se abriu e, pela cara, a tia Helena estava pronta até para entrar em um ringue de luta livre, se precisasse. — Você não é bem-vindo aqui. Com licença, por favor. — Ela abriu ainda mais a porta e fez sinal para o meu pai sair.

Ele não disse nada, apenas tirou um papel dobrado de dentro do paletó e estendeu para ela, que leu, muito séria. Ao chegar ao final, ela falou:

— E o que isso quer dizer? Você acha que vou deixar a minha sobrinha ser arrastada para aquele covil de bruxas apenas porque um papel está dizendo? Pois você está muito enganado. — Ela amassou a folha sem a menor cerimônia e a jogou no chão, o que fez o meu pai arregalar os olhos.

— Ótimo — ele disse, com um sorriso irônico. — O juiz vai adorar saber que a minha ex-mulher, a quem ele deu a guarda da minha filha, a entregou para uma desequilibrada, sem o menor senso de responsabilidade, e que ainda por cima não respeita as leis. — Ele pegou o papel no chão e desamassou. — E sem a minha autorização, diga-se de passagem. Pois saiba, Helena, que isso é uma ordem judicial. Se a Cintia não vier por bem, vou chamar a polícia para obrigá-la a vir comigo. E, se você tentar impedir, pode acabar presa. A decisão é sua.

◆ *101* ◆

— Eu vou — falei antes que minha tia rebatesse, o que eu vi que ela estava prestes a fazer.

— Mas, Cintia...

— Eu vou, tia Helena — interrompi. — Mais tarde eu converso com a minha mãe, ela vai arrumar uma solução.

O meu pai riu, falou que a minha mãe não se preocupou comigo durante todo aquele tempo e que não seria agora que faria isso. Antes que a minha tia voasse em cima dele, pedi que me ajudasse a arrumar a mala, o que ela fez totalmente a contragosto. Peguei apenas o básico, pois não tinha a menor intenção de ficar por muito tempo na casa dele. A tia Helena perguntou se eu não ia levar o meu All Star de naipes de baralho, mas não vi sentido naquilo. Ele apenas me deixaria ainda mais triste.

Eu me despedi da minha tia, que disse uma última vez que aquilo não ficaria assim, então entrei no carro do meu pai, que já estava me esperando com o motor ligado, e olhei uma última vez para aquela casa bagunçada que eu havia aprendido a chamar de lar.

· *Capítulo 10* ·

Quando eu ainda morava naquele prédio, um pensamento sempre me passava pela cabeça: e se algum dia eu saísse distraída do elevador sem perceber que estava no andar errado e abrisse a porta do apartamento de um vizinho? Foi exatamente assim que me senti ao entrar ali de novo. Tudo estava igual. E ao mesmo tempo tão diferente... Nada lembrava os anos que eu tinha vivido junto com meus pais. A decoração, a atmosfera... e até as paredes estavam de outra cor. Fui direto para o meu antigo quarto, mas assustei ao ver que *meu* era o que ele menos era agora. O chão estava coberto de roupas espalhadas, revistas por todos os cantos, a cama desarrumada... E, no meio dela, uma das gêmeas lia uma revista com fones de ouvido e mascava chicletes. Ao me ver, ela levantou, colocou a mão na cintura e falou:

— Quem foi ao ar, perdeu o lugar! Esse era o melhor quarto da casa, o único com TV e varanda. Eu e a minha irmã tiramos no par ou ímpar para ver quem ficaria com ele. Como vê, agora ele é meu!

· 103 ·

Não falei nada; apenas me virei e fui em direção ao antigo quarto de hóspedes. Eu não me importava, pois não tinha a menor intenção de ficar ali por mais do que alguns dias. Porém, ao entrar no outro quarto, vi que ele também já estava ocupado. A outra gêmea estava passando esmalte nos dedos do pé e, quando me viu, apenas *mandou* que eu pegasse a acetona que tinha deixado no banheiro. A mesma bagunça se via, e talvez um pouco pior, porque as paredes estavam lotadas de pôsteres de vários ídolos adolescentes. Inclusive do... Fredy Prince. Senti um aperto no coração ao ver aquilo. Dei meia-volta, sem ligar a mínima para a "ordem" dela, e fui para a sala. Eu nunca havia me sentido tão deslocada na vida.

— Ora, ora. A que devo a honra da sua visita, *alteza?*

Aquela voz. Só de escutá-la eu já sentia arrepios. Ver aquela mulher na minha frente me fazia ter vontade de pular pela janela.

— Sua falsa! — falei, tentando não gritar. — Eu fiz exatamente o que você mandou! Fui embora depois do seu telefonema! Você não viu na internet? O Fredy Prince continua sem saber quem é a dona do sapato!

— Estamos quites, Cintia — ela disse, se aproximando. — Você também me garantiu que o sapato era aquele. E não era. Quem é a falsa aqui, hein? — Como não respondi, ela continuou: — Não é incrível como o mundo dá voltas? Da última vez em que nos encontramos neste apartamento, eu era a única peça que não se encaixava no seu mundo perfeito. — Ela parou na minha frente e começou a passar a mão pelo meu cabelo. — Agora, este mundo é meu. E, se tem alguma coisa fora do lugar, é você. — Ela colocou as unhas pontudas na minha nuca e começou a apertar. — Saiba que aqui sou eu que faço as regras. E você vai ter que acatar todas elas!

— Não vou acatar porcaria nenhuma. — Eu afastei a mão dela com tanta força que o anel que estava usando até caiu. — Quem você pensa que é? Você não manda em mim! Você não é nada minha! E eu desprezo você tanto quanto desprezava naquele primeiro dia!

Ela apenas levantou uma sobrancelha, deu um sorrisinho, se sentou no sofá e começou a chorar! A chorar *muito*. E bem alto.

Aquilo atraiu a atenção da casa inteira. As duas filhas, o meu pai e até mesmo a empregada vieram correndo para ver o que tinha acontecido. Antes que eu dissesse que ela havia apenas enlouquecido, a minha madrasta já estava explicando entre soluços que eu era muito mal-agradecida, pois só tinha perguntado se poderia me chamar de "filha", já que tinha a intenção de ser uma verdadeira mãe para mim, mas, em vez de responder, eu havia batido nela e a empurrado no sofá.

◆ *105* ◆

— O quê? — Eu não podia acreditar naquilo. — Isso é mentira! Eu não fiz nada disso!

— E ainda jogou o meu anel de noivado no chão — ela continuou como se eu não tivesse interrompido, apontando para o anel que tinha parado em um canto da sala. — Eu só queria que ela me aceitasse como parte da família...

As meninas foram correndo para a mãe, dizendo que a amavam e que ela não precisava de mim. A empregada ficou me olhando como se eu fosse um monstro, e o meu pai simplesmente virava-se de uma para a outra, até que falou:

— Cintia, eu realmente não estou te reconhecendo. Você mudou muito. Onde está a menina meiga e doce que você costumava ser? Está se portando como uma rebelde! A sua madrasta ficou a manhã inteira fazendo arranjos para acomodar você aqui. Não achei justo desabrigar as suas irmãs dos quartos aos quais já estão acostumadas, e ela gentilmente disse que faria do escritório o melhor quarto da casa, especialmente pra você! E, quando fui buscá-la, ela ainda me disse que estava muito empolgada por finalmente vocês poderem ficar mais próximas! E é assim que você retribui?

Então a bruxa tinha reformado o escritório para mim. Quanta generosidade... No escritório mal cabia uma pessoa em pé! Bem, pelo menos eu teria um lugar para ficar sozinha. Lá pelo menos poderia passar o tempo no meu computador e esquecer onde estava.

— Eu pensei que nunca precisaria castigar você, mas isso passou dos limites — meu pai continuou. — Só lamento ter esperado tanto tempo pra intervir! Eu devia ter obrigado você a vir para cá antes. Certamente são as companhias que você arrumou nesse período que foram uma influência negativa. E, pra cortar o mal pela raiz, vou agora mesmo cancelar a sua linha de celular. Nada de internet para você também. E, até acabarem as aulas e você passar no vestibular, está proibida de sair de casa. Quero que você venha do colégio direto para cá e se dedique totalmente aos seus estudos!

— Você não pode me tratar assim, como se eu fosse uma criança! — gritei. Que história era aquela de vestibular? Eu não ia fazer vestibular no Brasil. Minha intenção era terminar o colégio e ir morar com a minha mãe no Japão! — Eu vou ligar pra minha tia e ela não vai permitir que você faça isso comigo!

As gêmeas começaram a rir, dizendo que eu não ia poder telefonar sem celular. Tive vontade de bater nas duas, mas me contive, imaginando quais outros castigos aquilo poderia me render.

Subi depressa as escadas para o escritório, pois estava a ponto de chorar, e ao abrir a porta vi que o cômodo realmente havia sido "preparado". Estava cheio de vassouras, baldes e vários outros utensílios de limpeza. Notei um sofá rasgado encostado na parede, com a roupa de cama mais velha que eu já havia visto. E, em um canto, um baú antigo, que tive até medo de abrir, com receio do que poderia encontrar dentro dele.

Entrei no pequeno banheiro anexo, abri o chuveiro e vi que a água que saía era gelada. Na parede descascada havia um espelho quebrado. E o vaso sanitário, pude constatar, estava entupido. Ótimo. Sem internet. Sem telefone. Sem janelas. Sem água quente. Sem vida.

Passei o fim de semana praticamente sem sair daquele cubículo. Não estava com fome nem com sede. Fiquei ouvindo músicas e mais músicas que só me deixavam mais triste, lembrando que poderia estar trabalhando em alguma festa naquele momento, mas em vez disso estava enclausurada, sem poder fazer nada. Pensei que a minha tia me ligaria ou daria um jeito de me resgatar, mas ela não apareceu. Então resolvi dormir o máximo possível, para a segunda-feira chegar logo e eu pelo menos poder ir para a escola e sair um pouco daquele confinamento, mas em cada um dos meus sonhos via o Frederico. E aquilo só fazia com que eu acordasse ainda mais deprimida, por ter perdido a minha chance. E por ter feito com que ele ficasse triste também...

Na hora de ir para a aula na segunda-feira, tentei ir de ônibus, como sempre, mas o meu pai fez questão de me levar. Ele queria se certificar de que eu realmente iria para a escola e me avisou que também estaria ali para me buscar ao final das aulas.

Desci do carro muito contrariada, mas ao encontrar a Lara, minha angústia diminuiu.

— Cintia! A sua tia me contou o que aconteceu! O que houve com o seu celular? Liguei o fim de semana inteiro e só caiu em uma gravação que diz que o número não existe! E também tentei telefonar várias vezes para a casa do seu pai, mas me informaram que não tinha ninguém com o seu nome lá! A sua tia me explicou que também estava na mesma situação e que ela inclusive tinha tentado ir ao prédio do seu pai com a polícia, mas parece que ele tem um documento dizendo que está com sua guarda provisória, uma vez que a sua mãe está viajando...

Então era por isso que ninguém tinha me procurado... E eu pensando que as duas tinham me abandonado...

— A sua tia mandou vários e-mails explicando, você não recebeu?

Suspirei e contei sobre a proibição da internet, e ela então arregalou os olhos e falou:

— Então você não está sabendo sobre o Fredy Prince?

Só a menção daquele nome me fez derreter.

— O que tem ele? — perguntei, mais ansiosa do que nunca.

• *109* •

Porém, naquele momento a professora entrou na sala. Pensei que eu ia morrer de curiosidade, mas, assim que a aula começou, a Lara deu um jeito de passar uma revista aberta para mim por debaixo da carteira.

TURNÊ INTERNACIONAL

Fredy Prince, o queridinho das adolescentes, anunciou que ficará um tempo fora do país. Ele e sua banda viajarão para fazer shows pelo exterior. Segundo o cantor, as viagens já faziam parte do plano de divulgação de seu novo CD, mas há quem diga que o real motivo é a desilusão recente que ele sofreu. Seja qual for a razão, as adolescentes brasileiras terão que ficar sem seu príncipe por um tempo, pois a última apresentação por aqui será em uma festa fechada na próxima sexta-feira. Na semana seguinte, ele começa a turnê internacional que com certeza lhe trará ainda mais fãs. Só esperamos que ele não se esqueça das brasileiras. A maioria delas com certeza vai sentir saudade! ■

Li com o coração acelerado e ao final percebi que estava ainda mais triste. Eu não tinha esperança de encontrá-lo novamente, mas pelo menos sabia que ele estava por perto... Agora ele iria embora e, quando voltasse, provavelmente nem lembraria mais que um dia havia conhecido uma DJ mascarada...

Fui a um telefone público na hora do intervalo e pude explicar para a tia Helena o que estava acontecendo, sobre o castigo que o meu pai havia me imposto, me impedindo de usar o celular e a internet, e também sobre o quarto em que a minha madrasta tinha me colocado, que eu tinha a impressão de que o meu pai nem sabia que estava em condições tão ruins. Mas, como eu não queria que ele pensasse que a reinvindicação por um quarto melhor era sinal de que eu queria me sentir confortável na casa dele, preferia me manter no cubículo. A minha tia me garantiu que já estava tomando providências com um advogado e que tinha certeza de que até o final da semana eu já estaria "livre". Pedi também que ela escrevesse para a minha mãe explicando o motivo de eu não ter ligado desde sexta-feira, mas ela me tranquilizou dizendo que já tinha cuidado dessa parte.

Pensei que nunca diria isso, mas a aula passou mais rápido do que eu gostaria. Retornar para aquele "cativeiro" foi um suplício, mas, ainda no carro do meu pai, na volta, algo que as gêmeas disseram me animou um pouco.

— Precisamos de roupas novas! — uma delas falou para o meu pai. — Temos um baile na sexta-feira!

— Um baile? — meu pai perguntou. — Uma festa, você quer dizer? Mais uma colega fazendo 15 anos? Será que essas festas não vão acabar nunca?

— Não, pai! — a outra respondeu. *Pai?*! Então agora elas o chamavam assim? — É um baile mesmo. Um baile de formatura. O tradicional baile de máscaras do terceiro ano.

O quê? Elas estavam falando do baile da minha turma? Mas elas ainda estavam no primeiro ano!

— Mas esse baile não é só para os alunos do terceiro ano? — meu pai perguntou, tirando as palavras da minha boca.

— Para os alunos e familiares! — elas responderam, bem satisfeitas. — A Cintia pode convidar a gente!

— Ah, eu posso? — falei, no tom mais irônico que consegui. — Que pena que eu não vou fazer isso, né?

As duas começaram a reclamar e o meu pai então perguntou por que eu não ia levá-las.

— Ora... — falei com a voz e a expressão mais inocentes do mundo. — Eu estou de castigo, lembra? Só posso sair depois do vestibular...

Tive que engolir uma risada ao ver a cara do meu pai. Uns segundos se passaram antes que ele limpasse a garganta e dissesse:

— Bem, não vejo problema em você ir à festa de formatura da escola. Afinal, vai ser a última do ano. Nos outros dias você compensa e estuda mais...

As gêmeas começaram a bater palmas, mas permaneci séria. Ao perceber que não tinha vibrado com a permissão dele, meu pai completou:

— E não vejo mal algum em você levar a Gisele e a Graziele... Você deve ter alguns convites, não é?

Eu tinha vários, considerando que só tinha convidado a tia Helena e o Rafa. Mas claro que eu não ia dar aquilo para elas de bandeja...

— Na verdade, já entreguei todos os meus convites. Eu até poderia ligar para o pessoal da comissão organizadora e pedir mais, mas, como vocês sabem, o meu pai cortou o meu telefone...

— Você pode usar o meu, Cintia! — a Graziele falou.

— Não, use o meu, ele tem até internet — a Gisele completou.

Eu apenas dei de ombros, expliquei que eu não sabia de cor os telefones dos meus colegas, pois ficavam na agenda do meu celular. O meu pai, meio que percebendo o que eu pretendia, disse bem sério:

— Eu vou pedir que religuem a linha. Mas o castigo continua. Além da escola, você vai sair apenas na sexta-feira, para ir com suas irmãs a esse baile. Mas, se tirar nota baixa, elas vão e você fica em casa. Entendido?

Tive que me segurar para não rir na cara dele. Eu já tinha passado em todas as matérias havia mais de um mês! No entanto, continuei interpretando o meu papel e apenas assenti.

As gêmeas começaram a dar gritinhos, o meu pai concordou em comprar um vestido novo para cada uma delas e perguntou se eu também queria um. Comecei a dizer que não precisava, pois, além de não querer nada dele, eu não tinha a menor intenção de usar vestido, e sim calça jeans. Foi aí que a Gisele disse:

— Tenho certeza de que o Fredy Prince vai se lembrar da gente! E agora, com aquela menina do sapato fora do caminho, aposto que ele vai nos dar uma chance!

— Fredy Prince? — perguntei sem fôlego.

As duas me olharam como se eu fosse tapada.

— Dã! — a Graziele falou. — Vai dizer que você não sabe que ele vai tocar na festa da sua turma? Todo mundo só fala disso desde sexta-feira...

Eu havia faltado aula na sexta-feira. E a Lara provavelmente não tinha me contado por causa do meu castigo, porque com certeza não queria que eu sofresse ainda mais. Minha cabeça começou a rodar. Então eu teria a chance de vê-lo novamente... E dessa vez não ia jogá-la fora!

— Eu também vou querer um vestido — falei de repente. As gêmeas pararam de falar e olharam para mim. — A maioria das minhas roupas ficou na casa da minha tia — expliquei. — E o meu pai não quer que eu volte lá.

Mas a verdade é que dessa vez eu realmente precisaria estar bonita.

— Isso mesmo, não quero que você volte àquela espelunca! — meu pai respondeu, meio bravo. — Dou quantos vestidos você precisar. Desde que você não pise mais naquele local.

Eu não queria vários, apenas um.

Mas, se ele pensava que eu não ia mais à casa da minha tia, estava completamente enganado. Eu só esperava que o que ela dissera no telefone mais cedo fosse verdade... Pois tudo que eu mais queria era que ela conseguisse me tirar daquela prisão o mais rápido possível.

• *Capítulo 11* •

A semana custou a passar. O meu pai cumpriu o prometido e deixou que eu usasse o celular, e dessa forma não me senti tão isolada do mundo. Pude conversar com a minha tia, mas a minha mãe simplesmente tinha desaparecido. Tentei chamá-la pelo Skype várias vezes, mas ela nunca respondia. Não falava com ela havia dias e estava louca para contar os últimos acontecimentos, especialmente para pedir conselhos sobre o Fredy. Eu já sabia que não ia ser fácil falar com ele. Primeiro, porque ele vivia cercado de seguranças. E, depois, porque ele provavelmente nem pensava mais em mim. A "rainha de Copas" para ele agora já devia ser carta fora do baralho.

A tia Helena explicou que a minha mãe estava passando a semana se dedicando a um trabalho importante, e que por isso estava incomunicável.

— Eu também estou muito ocupada fazendo o desenho de uma animação que tenho que entregar na sexta-feira — a minha tia completou —, mas não ache que não estamos pensando em você! Já tomamos providências e tenho certeza de que em breve conseguiremos tirar você daí!

Eu só esperava que ela estivesse certa...

No último dia de aula recebemos os boletins com as notas. Como esperado, eu havia passado em todas as matérias. Adeus, ensino médio! Além disso, em poucos dias faria 18 anos. Não via a hora de ser a dona do meu nariz, de sair daquele apartamento de uma vez por todas e poder voltar a fazer o que eu bem entendesse. Eu estava com tanta saudade de trabalhar como DJ que andava até sonhando com isso. E, em todos os sonhos, sempre aparecia um mascarado que me ajudava a escolher as músicas...

Quando a aula terminou, eu estava bem ansiosa, pois o baile seria naquela noite. Eu estava tão feliz com o fim das aulas e a perspectiva de tudo em breve voltar ao normal, que levei um choque ao ver a minha madrasta, e não o meu pai, dirigindo o carro dele.

— O que você está fazendo aqui? — perguntei assim que a vi. As filhas dela já estavam dentro do carro, parecendo impacientes.

— Seu pai teve uma reunião importante de trabalho — ela respondeu sem olhar para mim. — Mas eu disse para ele que cuidaria bem de você...

O tom de voz dela, como sempre, me deu calafrios, mas não tinha nada mais que ela pudesse fazer para me atrapalhar. As aulas já tinham terminado, eu havia sido aprovada, e já estava tudo praticamente pronto para a festa. Eu só precisava passar na loja na qual tinha comprado meu vestido para buscá-lo depois de um ajuste na cintura. E nem tive que pedir para que ela me levasse ao local, pois as gêmeas tinham deixado os delas lá para ajustar também.

— Vou esperar vocês aqui — ela disse, estacionando em fila dupla. — Não deixem de experimentar pra ver se está tudo certo mesmo, mas também não demorem muito! Não quero levar uma multa por vocês ficarem horas se admirando no espelho!

Descemos depressa, fizemos o que ela falou, e menos de 15 minutos depois já estávamos de volta ao carro, cada uma com o seu vestido. Eu havia escolhido um pretinho, bem básico, mas que tinha ficado muito bem no corpo. Ao chegar ao prédio, notei que a minha mochila não estava em nenhum lugar à vista. Eu tinha certeza que tinha entrado com ela no carro depois da aula.

— Ei, onde está minha mochila? — As gêmeas olharam para o lado e falaram que a delas também tinha sumido, e comecei a achar que alguém tivesse assaltado o carro durante o período em que estávamos na loja.

— Relaxem! — a minha madrasta falou, abrindo o porta-malas. — Estão aqui. Eu apenas tirei dos bancos para que vocês tivessem mais espaço para os vestidos. Senão eles iriam ficar muito amarrotados.

Aquilo me surpreendeu um pouco. Claro que ela fizera aquilo pelas filhas e não por mim, mas ela poderia ter deixado a minha mochila lá dentro, para que eu tivesse que me espremer com ela e o vestido no banco... Em vez disso, havia guardado a minha também.

— Hum, obrigada — falei, meio sem graça. Ela não respondeu, mas segurou o meu vestido para que eu colocasse a mochila nas costas.

— É um lindo vestido, Cintia — ela disse enquanto levantava um pouco o plástico que o envolvia. — Mas, mesmo com o espaço no banco, parece que ele amassou um pouco aqui na frente...

Olhei para ver do que ela estava falando e fiquei chateada ao constatar que realmente era verdade. Na hora de experimentá-lo com pressa, provavelmente eu havia amassado o tecido.

— Não se preocupe — ela disse ao ver a minha expressão. — Vou pedir para a empregada passar.

— Não precisa! — falei depressa. — É só um amassadinho, ninguém vai reparar.

— Não seja boba — ela disse, entrando no elevador com o meu vestido na mão. — Eu prometi para o seu pai que cuidaria de você. Cintia, quero que você saiba que durante essa semana que você ficou com a gente, eu realmente gostei da sua presença. Você já é quase uma adulta. Acho que não devemos ficar nessa briguinha boba. Podemos ser amigas, não podemos?

As filhas dela estavam olhando meio boquiabertas, mas não me deixei enganar. Apenas dei um sorriso, peguei o vestido da mão dela, agradeci e disse que eu mesma daria um jeito nele.

Passei o dia preparando mentalmente o que eu diria caso tivesse a chance de conversar com o Frederico. Eu tinha um plano. A tia Helena iria encontrar comigo na festa, e eu havia pedido que ela pegasse emprestada a máscara da comédia de novo, aquela usada em nosso primeiro encontro. Eu então a colocaria e ficaria em frente ao palco. A minha esperança era que ele visse e me escolhesse para ser seu par durante aquela dança com alguém da plateia. E então eu explicaria o que tinha acontecido de verdade.

Um pouco antes da hora de sair para a festa e já com a maquiagem e o cabelo prontos, resolvi passar o vestido. Eu queria estar impecável. Porém, bem no momento em que liguei o ferro, meu pai chegou em casa e disse que queria falar comigo. Desliguei o ferro da tomada e tomei o cuidado de colocar o vestido bem longe, para só então ver o que ele queria.

— Cintia — ele disse, sério, me analisando. — Pensei que nós tínhamos um trato. — Fiquei parada sem saber do que ele estava falando. Ele percebeu e continuou, meio impaciente: — Eu avisei que, se alguma nota sua não fosse boa, eu proibiria você de ir a essa festa... Então, por que está toda produzida, sendo que ficou em recuperação em *duas* matérias?

Fiquei tão chocada que por uns dois segundos nem me mexi. De repente entendi e comecei a rir. De certo a minha madrasta havia contado para ele que eu tinha passado, e ele resolveu fazer uma brincadeira comigo, antes de me dar os parabéns pela minha formatura.

— Puxa, você me assustou com essa! — falei, me abanando.

— Eu é que fiquei assustado. — Ele pegou um envelope em cima da mesa. — Sempre pensei que você fosse boa em História e Geografia. Você dizia que queria seguir os passos da sua mãe, mas acho que uma futura arqueóloga teria notas melhores nessas matérias. — E então tirou um papel do envelope e pude ver que era o meu boletim.

— Mas eu passei! — eu disse, me aproximando. — E muito acima da média!

Ele então me estendeu o documento e vi duas notas vermelhas bem no meio dele.

— Isso é mentira! — comecei a ficar exaltada. — Eu nunca fiquei abaixo da média na vida! Muito menos nessas matérias! Alguém deve ter falsificado o meu boletim...

De repente saquei tudo. O tempo que eu havia passado dentro da loja, experimentando o vestido, tinha sido mais que suficiente para a minha madrasta trocar o meu boletim verdadeiro por um falso. Eu devia ter desconfiado que aquela história de colocar a minha mochila no porta-malas era alguma armação!

— A bruxa da sua mulher falsificou meu boletim! — gritei. — Pode ligar lá pra escola, eles vão contar a verdade!

— Cintia! — meu pai gritou também. — Será que você não entende que ela só quer o seu bem? Agora mesmo, quando eu disse que não ia deixar você ir à festa, ela ficou tentando me convencer a voltar atrás, dizendo que era a sua formatura, a sua última chance de estar com todos os seus colegas... E quando ela viu que você estava passando seu vestido, disse que sabia que eu iria mudar de ideia e que, enquanto conversávamos, ela terminaria o serviço pra você...

— Ela falou o quê?!

Naquele exato segundo ouvimos um grito. Vinha da área de serviço. Fomos correndo para lá e, assim que chegamos, vi que a minha madrasta estava com o ferro de passar em uma das mãos e o meu vestido na outra. E ele estava com um buraco bem no meio...

Se o meu pai não tivesse me segurado, era capaz de eu ter jogado aquele ferro na cabeça dela. Mas, assim que ele percebeu que eu tinha essa intenção, me prendeu nos braços com força, enquanto a bruxa se debulhava em lágrimas dizendo que *eu* tinha ajustado a temperatura errada e que, no minuto em que ela havia encostado o ferro no tecido, aquele buraco se formara.

— Sua mentirosa! — gritei, enquanto arremessava na direção dela a única coisa que eu tinha na mão: o boletim

◆ *122* ◆

falso. Talvez prevendo que estava correndo risco de vida, ela disse que ia ver se as filhas estavam prontas.

Tentei me soltar e ir atrás dela, mas meu pai me segurou ainda mais forte e disse:

— Chega, Cíntia! Acabou a brincadeira. Mais uma vez vi que não posso confiar em você. Além de ficar em recuperação, você desrespeitou alguém que só estava tentando ajudar! Por isso você não vai nessa festa! Vai ficar sozinha aqui enquanto levo as suas irmãs e a sua madrasta. Sem celular novamente! E vou me certificar de levar todas as chaves, para que você não me desobedeça. Vá para o seu quarto agora!

A raiva começou a dar lugar à tristeza e, de repente, lágrimas começaram a escorrer pelo meu rosto. Olhei para o vestido, que eu pensava que usaria para ficar bonita para o Fredy, e senti no meu peito um buraco ainda maior do que aquele que o ferro tinha causado. Tudo estava acabado. Eu não iria vê-lo nunca mais.

Subi correndo para o meu quarto e o choro aumentou quando ouvi a porta da sala se fechando e a voz das meninas dizendo que não podiam se atrasar para a festa. Eu estava sozinha, presa e abandonada.

E não tinha ninguém para me salvar.

· *Capítulo 12* ·

— C intia! Acorde, querida! A gente não pode demorar!

Não sei quanto tempo se passara; talvez fossem poucos minutos, mas que para mim pareceram horas. De tanto chorar, acabei adormecendo. E, no melhor dos meus sonhos, ouvia a voz da minha mãe dizendo que dali para a frente tudo iria ficar bem. De repente percebi que aquela voz não estava dentro da minha cabeça. Estava do lado de fora. Abri os olhos depressa e tive que esfregá-los várias vezes para entender que eu realmente não estava delirando.

— Mãe! — Eu me atirei nos braços dela. — O que você está fazendo aqui? Como você veio? De onde surgiu?

Eu realmente não podia entender. Ela não devia estar no Japão?

A minha mãe começou a rir da minha confusão, me abraçou mais forte e falou, enquanto beijava o topo da minha cabeça:

— Eu vim de avião. E do aeroporto, direto pra cá, pois liguei para a sua tia, e ela disse que você ainda não tinha aparecido na festa, apesar de o seu pai já estar lá, com a nova família. Ao chegar aqui, toquei o interfone várias vezes, e, como ninguém atendeu, tive que forçar a entrada... Eu estava tão preocupada, minha filha!

— Você arrombou a porta? — Olhei para ela, meio rindo. Eu sabia que minha mãe seria capaz daquilo.

— Não precisei. — Ela também riu, me abraçando mais uma vez. — Ainda tenho a minha chave. No dia que fui embora deste apartamento, o seu pai não quis ficar com ela, pois achava que uma hora eu iria voltar. Pensei em jogá-la fora várias vezes, mas acho que a minha intuição me avisou que um dia ela poderia ser útil.

Suspirei olhando para ela, tentando nem piscar muito. Aquilo era muito bom para ser real. Eu tinha medo que ela pudesse sumir se eu fechasse os olhos por muito tempo.

— Mas... e o seu trabalho? — perguntei baixinho. — Você não estava no meio de uma pesquisa importante?

Ela passou a mão pelo meu rosto e vi que os seus olhos estavam marejados.

— Nenhuma expedição arqueológica tem mais importância do que essa missão aqui. Havia algo muito mais valioso que eu precisava resgatar...

Eu a abracei uma vez mais, e então ela falou:

— Filha, eu ficaria conversando com você a noite inteira, mas realmente estamos com pressa.

— Sim, vamos sair daqui logo, antes que eles voltem! — falei, enfiando as minhas roupas de qualquer jeito na mala. — Não vejo a hora de voltar pra a casa da tia Helena...

— Mas não é pra casa da sua tia que nós vamos! — Ela segurou as minhas mãos. — Pelo que sei, tem um certo príncipe esperando por você em um baile...

Balancei a cabeça e suspirei. Mostrei para ela o meu vestido furado e expliquei que eu não tinha mais roupa para ir. Além do mais, estava com rosto todo vermelho, por ter dormido chorando, e o cabelo desgrenhado.

— Nada que um banho não resolva — ela disse, remexendo dentro da bolsa. — E tenho um creme japonês aqui que vai dar um jeito nesses olhos inchados. E quanto à roupa... — Ela começou a olhar em volta e de repente seu rosto se iluminou. Foi até o baú, o mesmo que eu tinha ficado com medo de abrir, e começou a tirar de dentro dele várias toalhas, roupas e fotos antigas, até que...

— Aqui está! — ela disse, estendendo para mim um vestido que eu conhecia muito bem.

Era o vestido da minha festa de 15 anos, que havia sido feito especialmente para dançar a valsa com o meu pai. Tinha um corpete justo, que seguia exatamente o contorno do meu corpo até chegar à cintura, e então se abria delicadamente em uma saia de tafetá, com várias camadas de tule por cima, até o chão. A cor dele era em *dégradé*. Começava com um azul meio esverdeado e aos

◆ 126 ◆

poucos ia clareando, se tornando pálido, até que, ao chegar aos meus pés, o tecido já era praticamente branco. Lembro que, da primeira vez que o vi, pensei que ele tinha cor de sonho.

— Eu sabia que ele estava em algum lugar — minha mãe explicou, enquanto alisava o vestido. — Quando você disse que queria que eu desse todas as suas roupas, pois passaria a usar só preto, não tive coragem de me desfazer dele. E então o escondi aqui, porque tinha certeza de que um dia você gostaria de vê-lo novamente. Está meio amassado, mas acho que posso dar um jeitinho...

Fiquei olhando para aquele vestido, sem saber se devia mesmo usá-lo. Ele me lembrava de uma época maravilhosa da minha vida, antes de o meu mundo desmoronar.

Minha mãe, percebendo a minha dúvida, colocou a mão na cintura e falou:

— Anda, menina! Corre logo pro banho enquanto eu faço uma mágica com esse vestido! Vou colocá-lo na secadora de roupas, para tirar o cheiro de guardado, e vou dar uma passadinha também. Garanto que ele vai ficar como novo! O tal do Fredy Prince e todos os outros garotos da festa vão ficar loucos por você!

Não sei se pela empolgação da minha mãe ou por ouvir o nome dele, realmente fiz o que ela mandou.

Meia-hora depois, ao olhar no espelho, mal me reconheci. Além de a minha mãe ter feito um milagre com o meu vestido e cabelo, o creme que ela me emprestou realmente era eficiente e ninguém diria que eu havia chorado para valer. Mas tinha algo mais... um brilho no meu olhar que não estava ali antes.

— Você está tão linda... — minha mãe disse, chegando por trás de mim e também me admirando no espelho. — Essa carinha de apaixonada, de quem vai ver o namorado daqui a pouco, combinou perfeitamente com o vestido...

— Mãe... — Eu balancei a cabeça, sem graça. — Ele não é meu namorado!

— *Ainda* não... — ela disse, sorrindo. — E agora, chega de se admirar! Vamos logo! A festa já deve estar *bombando*! Você vai chegar no auge e se tornar o centro de todas as atenções!

Eu não tinha a menor intenção de fazer isso. Só precisava da atenção de uma pessoa. Mas, para isso, eu realmente precisava chegar lá depressa. Antes de o show começar...

◆ *Capítulo 13* ◆

Eu não precisava ter tido pressa. Assim que chegamos, a minha tia, que estava nos esperando na porta, disse que a banda só começaria a tocar à meia-noite, e que antes disso um DJ, que inclusive era da equipe do namorado dela, estava animando a festa.

— O Rafa está lá com ele, verificando uns equipamentos — ela disse, me cumprimentando. — E aqui está o seu *disfarce*.

Em seguida ela foi abraçar a minha mãe, e as duas começaram a conversar sobre as novidades. Antes de entrar na festa, ainda ouvi a minha mãe dizer que tinha voltado definitivamente, e eu não podia imaginar felicidade maior! Quero dizer, podia...

Fiquei olhando para aquela máscara nas minhas mãos, meio emocionada por tudo que ela me lembrava. Ou melhor, por de *quem* ela me lembrava. Então a coloquei no rosto, respirei fundo e entrei.

Fui andando, tentando encontrar a Lara, e sem querer passei pela cabine do DJ. O Rafa estava mesmo lá e resolvi cumprimentá-lo.

— DJ Cinderela! — ele disse, sorrindo, assim que me viu. — Você está ainda mais bonita hoje! Acho que não vai gostar do que vou dizer, mas cores claras caem muito bem em você! Melhor que preto!

Dei um abraço nele, olhei para as picapes e de repente me senti meio triste. Eu sentia tanta falta daquilo! Daria tudo para estar no lugar daquele DJ!

— Com saudade de colocar todo mundo pra dançar? — ele perguntou, acompanhando o meu olhar.

Apenas confirmei com a cabeça e dei um suspiro. O Rafa então se virou para o DJ que tinha contratado e eles ficaram um tempinho conversando. Um pouco depois ele se voltou para mim, sorriu e disse:

— Toma.

Fiquei olhando sem entender. Ele estava me estendendo o fone de ouvido que o DJ usava para fazer as mixagens.

— Não quer matar a saudade? — Ele franziu as sobrancelhas. — Pensei que você ia gostar de fazer isso até a hora de o show começar. Só faltam vinte minutos. Mas, se você não quiser, posso assumir. Dei uma folga para o meu amigo.

Dei um abraço tão apertado nele que quase quebrei o fone, que ficou entre nós. Expliquei onde a minha tia e minha mãe estavam, ele agradeceu e, quando já estava indo na direção que eu tinha indicado, voltou e disse:

— Cintia, tem outra coisa... Não sei se sua tia te contou, mas estou abrindo um bar. Vou continuar com a empresa de sonorização, mas esse era um sonho antigo meu, ter um lugar onde as pessoas possam ir para conversar, mas também dançar...

Com toda a confusão das últimas semanas, eu mal havia conversado com a tia Helena. Por isso fiquei surpresa, mas também feliz por saber que ele estava realizando um sonho.

— Nesse bar, em um dia da semana, vou querer fazer uma espécie de matiné...— ele continuou. — Quero que seja especialmente para pessoas da sua faixa etária, que estão nessa fase do final do ensino médio e início da faculdade... Quando eu estava nessa idade sentia falta de algo assim... Todos os agitos sempre eram para pessoas mais novas ou mais velhas. Bem, mas o fato é que eu acho que ninguém melhor do que você para animar essa galera. Não sei como vai ser agora que sua mãe voltou, mas queria desde já te fazer esse convite. Se quiser dar uma de DJ Cinderela durante um dia da semana, ou até mesmo esporadicamente, a vaga é sua.

Fiquei tão feliz que até o abracei! Eu não sabia que rumo a minha vida iria tomar, mas agradeci o convite e prometi que faria o possível para aceitar.

Ele então foi se encontrar com a minha tia, e eu fiquei sozinha com a aparelhagem.

O meu coração até acelerou quando coloquei a primeira música e vi algumas pessoas correrem para a pista de dança. Deixei que o ritmo me envolvesse e mixei como havia muito não fazia. Eu realmente não sabia o que ia acontecer dali para a frente, ou quando poderia fazer aquilo de novo, por isso aproveitei cada minuto.

Enquanto o som rolava, dei uma olhada na *set list* que o DJ tinha preparado e de repente vi uma música que, se eu pudesse escolher apenas uma para colocar, seria aquela. Não perdi tempo. Em poucos segundos, *You Get What You Give* ecoou pelo salão. Vi que as pessoas gostaram e fiquei pensando se, do camarim, daria para ouvi-la. O Frederico já devia estar lá, pois em 15 minutos o show dele começaria...

Eu ainda estava pensando nisso quando ouvi uma voz atrás de mim.

— Você realmente gosta dessa música do *New Radicals*.

Senti o meu corpo inteiro gelar. Aquela voz. Eu a reconheceria em qualquer lugar. Virei devagar e lá estava *ele*. Com a máscara igual a minha, mas com a boca virada para baixo. Foi como se eu estivesse tendo um *déjà-vu*.

— Gosto — consegui responder. — Ela me lembra de alguém... de quem eu gosto de lembrar.

Ele ficou me encarando por uns segundos e durante esse tempo senti novamente aquela sensação da primeira vez que nos encontramos. Um frio na barriga misturado com uma vontade de chegar mais perto.

• 132 •

Ele desviou o olhar do meu e me analisou de cima a baixo. Quando chegou aos meus pés e ele viu que eu estava de salto, falou:

— Você não veio de rainha de copas hoje.

Apenas balancei a cabeça, desejando estar com o meu vestido de cartas de baralho.

— Frederico, eu queria falar com você. — Criei coragem depressa, pois sabia que não havia muito tempo.

— Eu vi seu recado nas redes sociais. Quero dizer, eu não sigo você, ou melhor, não seguia, mas a imprensa fez o maior estardalhaço e eu...

— Não precisa explicar — ele me cortou. — Na verdade, pensei que não veria você nunca mais. De vez em quando trago esta máscara pra poder dar uma volta sem ser reconhecido. Foi assim naquela festa em que a gente se conheceu. E hoje, na verdade, eu nem ia sair do camarim, e já estava me preparando para o show. Mas, de repente, comecei a escutar umas músicas que adoro, diferentes das que estavam tocando antes. Olhei de longe para cá e vi você... dançando neste seu ritmo pop.

O meu coração estava a 500 quilômetros por hora. Tentei falar, mas a minha voz travou.

— Mas não vim aqui pra te cobrar nada, sei que a culpa foi minha. Você falou tudo da primeira vez. Que não gostava do *Fredy Prince*. Que achava o som dele cafona. Que ele enganava as meninas... Não foi isso? — Eu comecei a responder que tinha me arrependido de ter dito aquilo, mas ele me interrompeu. — Você estava certa. Eu sou romântico mesmo. Não me importo se você acha isso fora de moda. Falo a verdade nas minhas canções. Ou, pelo menos, falava. Eu acreditava que um dia a minha musa inspiradora iria aparecer... Alguém que se interessasse por mim não pelo fato de eu ser famoso, mas sim por alguma química, conjunção astral, afinidade ou algo do tipo. E quando vi você dançando naquele dia e percebi que o nosso gosto musical era tão parecido... E depois que ouvi a sua voz, tive vontade de ficar ouvindo você falar a noite inteira, e então os nossos olhos se encontraram... Senti um clima especial, algo diferente de tudo que já havia sentido. Sei lá. Pensei que tivesse sido recíproco. Mas viajei, era bobeira, coisa da minha cabeça. Os meus amigos mesmo já tinham me prevenido, eu é que não ouvi ninguém. Eles me avisaram que eu havia me encantado pela *imagem* que criei de você. Eu nem mesmo vi o seu rosto! Mas eles estavam certos, foi tudo minha imaginação.

— Não é nada disso! — Comecei a tirar a máscara, mas ela agarrou no meu cabelo. — Não foi sua culpa, nem imaginação!

— Está tudo bem — ele disse, dando um passo para trás. — Não precisa se explicar, sério. Claro que eu fiquei esperando que você aparecesse. E fiquei triste quando vi que isso não aconteceu. Confesso que me senti meio humilhado e até envergonhado pelo papel de palhaço que fiz. Mas superei.

Maldita máscara! Eu estava a ponto de arrumar uma tesoura para cortar o meu cabelo e soltá-la quando o Rafa chegou.

— Voltei, Cintia — ele falou, entrando na cabine. — Vai começar o show, faltam cinco minutos para a meia-noite. Mas antes me pediram para desligar o som, pois vão passar um vídeo dos formandos.

Vi uma expressão diferente nos olhos do Frederico ao ouvir meu nome verdadeiro pela primeira vez. Como não me movi, o Rafa continuou:

— Pode ir para a frente do palco. Sei que você está louca pra ficar lá dando gritinhos... — Então ele fez uma voz fininha, imitando uma fã desesperada, e começou a dizer: — Ô, *Fredy Princeeee, cadê vocêêê, eu vim aqui só pra te veeeer!*

— Tenho que ir — o Frederico falou, já saindo.

— Espera. — Fui atrás dele. — O Rafa estava só brincando, porque sabe que eu... que eu quero muito falar com você. Quero dizer, com o Fredy. Ele não tem nem ideia de que você é ele. Mas o que eu queria falar é que sei que você está achando que sumi por desprezo, mas a verdade é que...

Naquele momento apareceu um cara de terno, bem alto e musculoso, que parecia ser um segurança, e falou

◆ 135 ◆

que era melhor ele se apressar, pois o show já ia começar. O Frederico então me olhou meio impaciente e falou:

— Eu já disse que estou bem, não precisa ficar com pena ou coisa parecida. Você foi só uma ilusão. Que eu já esqueci!

Ele então me lançou um último olhar e se virou. O segurança foi com ele até uma porta e então desapareceu por ela.

Voltei para a cabine de som, e assim que o Rafa me viu, falou:

— Eu disse alguma coisa errada? Por acaso aquele garoto é algum namorado seu? Porque, pelo que sua tia me contou, eu pensei que você só pensasse no Fredy Prince. Por isso fiz aquela brincadeira...

— Não esquenta... — falei, agradecendo mentalmente o fato de estar de máscara, pois assim ele não veria a minha tristeza. — Não era ninguém importante.

O Rafa então me entregou uma sacola.

— A Helena pediu para entregar para você. Ela teve que resolver alguma coisa urgente, mas me fez prometer que isso chegaria às suas mãos. Ou melhor, aos seus pés. Ah, e sua mãe foi com ela.

Abri, curiosa, e lá dentro vi uma coisa que fez meu coração revirar. Era o meu All Star. O que a minha tia havia pintado. O pé que tinha sobrado, pois provavelmente o Frederico tinha jogado o outro no lixo. Pensei seriamente

◆ 136 ◆

em fazer o mesmo, mas aquela era a minha única lembrança de toda a história. Então, em vez de descartá-lo, tirei as sandálias que estava usando, deixei-as na cabine de som, e calcei o tênis no meu pé direito, deixando o esquerdo descalço. Só ia ficar assim por um tempinho, mas aí vi a Lara no meio da multidão. Corri para perto dela, que me deu o maior abraço ao me ver.

— Estou te procurando há horas, onde você estava? — ela perguntou. — Vi o seu pai, a sua madrasta, as suas meias-irmãs, a sua tia, o namorado dela e até a sua mãe! Meu Deus, você não está explodindo de felicidade por ela estar aqui? Mas eu estava desesperada pra encontrar com você, porque o show já vai começar! Aquela sua ideia tem que dar certo. Aposto que o Fredy Prince, ao ver essa máscara, vai se lembrar de você! E aí tenho certeza de que ele vai chamar você pra dançar com ele no palco!

Passei a mão pela máscara. Não. Aquilo não ia adiantar. Já não havia adiantado. Ele não queria mais saber de mim! Por isso, eu me virei de costas para a Lara e pedi que ela me ajudasse a soltar o elástico do meu cabelo, pois estava me machucando. Com muito custo ela conseguiu desembaraçá-lo e livrá-lo da máscara.

No mesmo instante, um apresentador subiu ao palco e pediu que todos os formandos se aproximassem, pois queria chamar ao palco o talentoso Fredy Prince, para que ele pudesse nos dizer umas palavras antes do show começar.

— Cintia, coloca de novo a máscara, depressa!

Apenas dei de ombros e falei que aquilo não importava mais. Foi quando o Frederico subiu ao palco. E aí não consegui escutar mais nada. A gritaria era tanta que o apresentador teve que pedir silêncio umas três vezes antes de ser atendido.

Ele então passou o microfone para o Fredy, que agradeceu o convite feito pela nossa turma, disse que era uma honra tocar em uma ocasião tão importante e desejou boa sorte a todos nós na nova etapa das nossas vidas. O meu coração apertou e senti os meus olhos se encherem de lágrimas ao pensar que tudo poderia ser bem diferente... Agora eu não passava de mais uma fã no meio de tantas outras. Em pouco tempo, ele nem lembraria mais da minha existência.

O apresentador convidou o Fredy Prince para ver um vídeo que a escola havia feito. Os dois recuaram um pouco, as luzes se apagaram e então o vídeo começou. Era uma montagem com retratos de todos os alunos do terceiro ano. O nome do aluno aparecia e na sequência surgiam duas fotos: uma de quando era criança e outra, atual. Em seguida um holofote focalizava o aluno no meio da plateia, que era aplaudido por todos. Então era por isso que solicitaram que fôssemos para a frente...

Como a apresentação era por ordem alfabética, o meu nome foi um dos primeiros a aparecer. Vi no telão uma

◆ *138* ◆

foto minha com 7 anos de idade, com uma coroa de princesa na cabeça. Que ironia... Em seguida, apareceu uma que tinham tirado sem que eu percebesse, na sala de aula, provavelmente na semana anterior, com um olhar meio triste e parecendo muito pensativa... Antes que eu pudesse lembrar o que estava pensando naquele momento, um feixe de luz me focalizou, e ouvi vários aplausos. A Lara e alguns outros colegas me abraçaram e sorri, até me lembrar de um pequeno detalhe... Agora o meu pai saberia que eu tinha fugido do castigo e estava ali. E se ele me obrigasse a ir embora? Virei de um lado para o outro, tentando ver se ele estava por perto, mas o meu olhar foi atraído para o palco mais uma vez. Para alguém no palco. Alguém que estava me olhando fixamente...

E então percebi que aquela era a primeira vez que ele me via sem a máscara... e que, pelo jeito, não tinha gostado, pois rapidamente tornou a olhar para a tela.

Quando todas as fotos terminaram de passar, o salão de festas explodiu em aplausos, e o apresentador pegou o microfone para anunciar os outros integrantes da banda. De repente, o telão, que já estava desligado, começou a piscar. A minha primeira impressão foi que era um curto-circuito. Vi que mais pessoas pensaram o mesmo, e um pequeno tumulto começou a se formar, até que o telão piscou mais uma vez e um desenho apareceu. Todo mundo começou a rir, comentando que devia ser só uma sur-

◆ *139* ◆

presa para os alunos, mas de cara entendi que a intenção era surpreender apenas uma pessoa... Porque eu conhecia perfeitamente aqueles traços. Sabia muito bem quem era a desenhista responsável. Ainda mais porque, logo na primeira cena, vi a imagem de uma menina calçando tênis cheios de naipes de baralho e notas musicais. Exatamente como o que eu estava usando naquele momento. Então era essa a animação na qual a minha tia estava trabalhado durante a semana! E era essa a missão muito urgente que ela e a minha mãe precisavam fazer... Convencer alguém a exibir aquele vídeo.

Pouco a pouco, a tela foi mostrando a minha vida desde o momento da separação dos meus pais. Como se fossem quadrinhos em preto e branco, a animação contava a história de uma princesinha que, em vez de sapato alto, usava All Star, pois seus pés doíam muito se calçasse outro tipo de sapato. Um dia, ela conheceu um príncipe. E a vida dela ficou colorida. E a partir daí, o filminho também ganhou cores e explicou tudo que eu gostaria de ter contado para o Fredy e não havia conseguido... Que ele, além de devolver a cor para a vida dela, também havia trazido ritmo para o seu coração, que costumava bater descompassado. E que aquela princesa tinha uma madrasta malvada que armou para que ela não se encontrasse com o príncipe. O vídeo terminava com a princesinha segurando um pé de All Star na casa dela, olhando triste pela

◆ 140 ◆

janela, e o príncipe segurando o outro pé, olhando para a tela do computador, parecendo muito solitário...

E então o telão foi escurecendo gradualmente até que ficou totalmente preto.

Todo mundo ficou esperando mais, meio sem entender. Quando o apresentador viu que realmente era só aquilo, chamou depressa a banda. O Fredy, apesar de parecer meio atordoado, nem mesmo olhou na minha direção. Um pouco depois, a minha tia e a minha mãe apareceram do meu lado.

— Não sei o que vocês fizeram para que as pessoas da comissão de formatura concordassem em exibir essa história de final *infeliz*... Mas acho que valeu a pena, porque eu entendi o significado — falei para elas, meio triste. — É que, se eu não parar de ficar olhando pela janela em vez de viver, nunca vou ser feliz. Não é isso?

As duas se entreolharam com as testas franzidas. A minha tia disse que eu tinha entendido tudo errado, e a minha mãe explicou que a única coisa que tiveram que falar para a comissão é que queriam contar o começo de uma história que teria o seu final feliz naquela noite, para que ninguém ficasse "boiando" na hora.

Comecei a falar que não ia ter nenhum final feliz, mas naquele momento a banda começou a tocar. As duas falaram que iam ver o show de longe, pois não tinham mais idade para aquela gritaria toda.

• *141* •

Mais uma vez, o meu coração bateu forte, mas agora eram batidas tristes. Resolvi que queria ir embora. Ver aquilo era tortura. Então me despedi da Lara, disse que no dia seguinte explicaria tudo, e me virei para procurar minha mãe. Ia ser bem difícil, porque a festa estava lotada. Porém, eu não tinha dado nem dois passos quando ouvi o Frederico dizer:

— Eu sempre faço essa parte do show mais para o final, mas acho que hoje vou ter que adiantar. Porque a garota com quem eu gostaria de dançar tem uma estranha tendência a desaparecer de repente... Então prefiro chamá-la agora, enquanto ela está bem na minha frente.

Congelei no lugar em que estava, sem ter coragem de me virar. Será que ele estava falando de...

— Até hoje eu não sabia o nome dela. Por isso a chamava por vários apelidos... DJ Cinderela. Rainha de Copas. E o meu preferido, que acho que não conseguirei me desacostumar, pois é exatamente isso que ela é: uma *princesa*. Uma princesa que adora música pop. E eu também não conhecia o rosto dela. Pelo menos achei que não... Mas há poucos minutos constatei que era exatamente como eu a via nos meus sonhos. Então eu gostaria, *Cíntia*, minha princesa pop, que você subisse ao palco, e me desse a honra desta dança.

Continuei parada, mas a Lara começou a me empurrar para que eu subisse logo. Quando as minhas colegas perceberam que era de mim que ele estava falando, começaram a dar gritinhos e a me empurrar também. Embora eu estivesse roxa de vergonha, sabia que não ia haver uma terceira chance. Então subi. Ele abriu o maior sorriso, colocou as mãos na minha cintura, mas, antes que a banda começasse a tocar, ouvi uma voz na multidão. Aquela mesma voz de bruxa, que parecia ter sido inventada para estragar os meus melhores sonhos.

— Parem! Ela não vai dançar!

Eu me afastei para olhar, mas o Fredy continuou me segurando.

— A Cintia está de castigo — ela gritou ainda mais alto. — Foi proibida pelo pai de sair de casa e o desobedeceu!

Ninguém se mexeu, e ela então foi andando em direção ao palco. Quando começou a subir as escadas, dois seguranças a impediram.

— Saiam da frente, seus inúteis! Ela é minha filha e tem que fazer o que eu mandar!

Eles pareceram meio em dúvida e começaram a se afastar, mas no segundo seguinte ouvi outra pessoa, chegando cada vez mais perto, mas dessa vez era alguém cuja voz que tinha o poder de me tranquilizar mesmo nos piores pesadelos.

— Sua *filha*? Ou a sua enteada, que você devia tratar muito bem, mas que, pelo contrário, prendeu em um quartinho mofado e imundo? Já não bastava roubar meu

◆ *143* ◆

marido, agora está querendo a minha filha também? Mas saiba que a Cintia é muito mais esperta que o meu ex. Ela não se deixa enganar assim tão fácil.

Parecia que a minha madrasta tinha visto um fantasma. Primeiro ficou branca, depois vermelha, depois verde... A impressão é que ela estava querendo cavar um buraco no chão para fugir dali. As pessoas estavam extasiadas, como se tivessem assistindo a uma peça teatral. Porém, de repente, ela recuperou o rebolado, empinou o nariz e falou:

— Então você a considera esperta, né? Pois saiba que o pai dela só a colocou de castigo porque ela ficou em recuperação em *duas* matérias!

Novo burburinho de vozes foi ouvido, mas um se destacou no meio da multidão.

— A Cintia é uma das melhores alunas do terceiro ano. Ela estuda na nossa escola desde pequena. Confesso que fiquei meio preocupada, após a separação dos pais, por ela ter entrado em uma fase meio introspectiva, usando roupas escuras e se isolando... mas em nenhum momento isso afetou os estudos. Posso afirmar que a Cintia passou com notas bem acima da média e que certamente se dará bem no vestibular!

Olhei para a minha diretora, com vontade de abraçá-la. E pensar que eu sempre havia achado que ela não gostava de mim. No entanto, ela estava apenas preocupada.

Depois disso, a minha madrasta foi saindo de fininho, mas ainda consegui ver o meu pai tendo a maior discussão com ela, provavelmente querendo que ela se explicasse sobre tudo o que tinha armado para cima de mim.

— Alguém quer dizer mais alguma coisa? — o Frederico perguntou para a plateia, com um ar divertido, e a atenção de todos se voltou para o palco. — Porque por mim, tudo bem, posso esperar a noite inteira. Mas acho que a Cintia deve estar meio desconfortável aqui de pé, usando salto. Pelo que entendi na historinha que passaram, ela não gosta muito de sapato alto. E eu realmente gostaria de dançar enquanto ela ainda consegue se locomover!

As pessoas riram, e então levantei um pouquinho a barra do vestido e falei só para ele:

— Na verdade, eu dei um jeitinho... Pena que estou sem o outro pé do sapato. Eu o perdi em um baile, e o príncipe que o encontrou nunca mais o devolveu para mim.

Ele então deu um sorriso ainda mais lindo, pediu licença, foi atrás do palco e em poucos segundos voltou com o meu outro All Star.

— Mas você sabia que eu ia estar aqui na festa? — perguntei, confusa. — Até duas horas atrás, nem eu mesma sabia que viria!

— A minha produção recebeu um telefonema anônimo, falando que a garota que eu procurava estaria aqui...

• *145* •

Passei os olhos pela multidão e vi que a minha tia fez um sinal de positivo para mim. Sorri para ela, sem parar de prestar atenção no que o Fredy estava dizendo.

— A princípio achei que fosse um trote... mas como eu ainda estava com o sapato, pensei que não faria mal trazê-lo... Posso ajudar a calçá-lo?

Ele se ajoelhou e colocou o tênis no meu pé esquerdo. Subi um pouco mais a barra do vestido para ver o par reunido, o Fredy então se levantou e perguntou:

— Dança comigo?

A plateia veio abaixo. Apenas sorri e passei os meus braços pelos ombros dele, que então olhou para banda e sussurrou:

— *Aquela.*

Em seguida ele me puxou mais para perto e nós começamos a dançar a "nossa" música, a que eu havia colocado poucos minutos antes e que o havia atraído para a cabine de som, aquela que, independentemente do que acontecesse, sempre iria fazer com que nos lembrássemos um do outro.

— Você sabe que eu não vou deixar você fugir nunca mais... — ele falou no meu ouvido, enquanto dançávamos.

— É bom mesmo... — respondi. — Porque parece que finalmente o meu coração está batendo no ritmo certo.

— Pop? — perguntou, rindo. Confirmei, e ele me abraçou mais forte. Depois de um tempo ele me olhou, passou a mão pelo meu cabelo e falou: — Será que a pessoa que desenhou aquela historinha triste que passaram no telão podia reescrever o final?

— E como seria um final melhor? — perguntei.

Ele então sorriu, se aproximou bem devagar e me deu um longo beijo.

Tive que concordar com ele. Aquele final era *muito* melhor...

E VIVERAM FELIZES PARA SEMPRE...

Hoje de manhã Fredy Prince anunciou que não vai mais fazer a turnê internacional que vinha planejando. *Por coincidência*, na última sexta-feira ele finalmente encontrou, em uma festa, a sua princesa misteriosa. A garota, que se chama Cintia Dorella, se revelou ser uma DJ, e agora todas as celebridades querem contratá-la para os seus eventos. Ela, porém, fechou um contrato exclusivo, por tempo indeterminado, para abrir todos os shows do Fredy Prince em sua nova turnê pelo país. Segundo o cantor, essa foi a forma que ele conseguiu para que ela não desaparecesse mais. Cintia, por sua vez, disse que não tinha intenção nenhuma de sumir de novo e que estava muito feliz por poder trabalhar ao lado dele. Os dois continuam insistindo que são apenas bons amigos, mas a nova música de Fredy Prince diz o contrário: "Princesa Pop" fala sobre uma menina cheia de ritmo que balançou o coração de um príncipe. Já ouviu isso em algum lugar? Nós também. Só torcemos para que essa história tenha um final feliz. Alguém duvida? ∎

• Epílogo •

Blog da Belinha

Queridos leitores, como vocês AMARAM a entrevista que fiz com o Fredy Prince (visto que ela teve mais de um milhão de visualizações, e eu ganhei centenas de seguidores), resolvi repetir a dose para a alegria de vocês! E dessa vez ele veio acompanhado...

Essa nova entrevista foi um pouco mais difícil conseguir, porque, como todo mundo sabe, o Fredy está em turnê. Mas ele acabou abrindo um espacinho na agenda, porque eu o lembrei de uma vez em que ele tinha uns 12 anos e estava na sala da minha casa tocando violão e, de repente começou a imitar uns roqueiros balançando a cabeça. Só que por isso ele acabou ficando tonto, perdeu o equilíbrio e derrubou uma jarra de cristal caríssima da minha mãe, que partiu em mil pedacinhos (a jarra, não a minha mãe). Ela veio correndo por causa do barulho e, pra livrar a barra dele, inventei que tinha sido o meu gato...

Mas vamos ao que interessa! Tcha-ram... Com vocês, Fredy Prince e... DJ Cinderela (vocês não acham que até os nomes combinam?)!

CONHEÇA A PRINCESA POP!

Belinha: Fredy, da última vez em que conversamos, você me contou que estava procurando a menina dos seus sonhos... Podemos dizer que você finalmente a encontrou?

Fredy Prince: Eu realmente a procurei muito, mesmo depois de encontrá-la... Mas prefiro não falar da minha vida pessoal, especialmente para preservar a garota.

Belinha: Bem, já que a garota está bem aqui na frente, acho que vai ser um pouco difícil preservá-la... DJ Cinderela, pode matar a nossa curiosidade? Saiu em todos os jornais inúmeras fotos de vocês dois se beijando na sua festa de formatura, e desde então vocês não se desgrudam... O que todo mundo quer saber é: Você é a "princesa pop" da nova música do Fredy?

DJ Cinderela: Eu achei essa música nova muito fofa e você? Ah, pode me chamar de Cintia!

Belinha: Hum, ok, Cintia. Eu também adorei, mas, bem, desculpa insistir, mas você não respondeu minha pergunta... Você foi a inspiração?

Fredy Prince: Então quer dizer que você achou a música fofa, "DJ Cinderela"? Pensei que achasse as minhas canções meio sentimentais demais pro seu gosto...

DJ Cinderela: Acontece que o meu gosto mudou...

Belinha: Ok, desculpa interromper o clima, sei que estou segurando uma vela gigante aqui, mas é que temos que continuar com a entrevista, vocês falaram que só tinham 15 minutos para responder as perguntas. DJ... Ou melhor, Cintia, aproveitando sua última observação, alguma razão especial para o seu "gosto" ter mudado?

Fredy Prince: Eu também adoraria saber...

DJ Cinderela: Às vezes conhecemos pessoas que nos apresentam novos estilos, para os quais antes não dávamos chance por estarmos muito fechados... Mas é muito bom quando alguém consegue abrir o nosso coração e enchê-lo de melodia...

Belinha: Esse brilho nos seus olhos e o sorriso estão totalmente entregando que seu coração está preenchido por muito mais do que melodia... Mas, Fredy, mudando um pouco de assunto, se você tivesse que passar três meses isolado em uma ilha deserta e só pudesse levar um objeto. O que levaria?

Fredy Prince: Não posso levar uma pessoa no lugar do objeto?

DJ Cinderela: Acho que já deu o tempo, não? Precisamos ir... O Fredy vai tocar hoje na inauguração do bar do namorado da minha tia, e eu tenho que estar lá bem antes para cuidar do som.

Belinha: Sim, prometo que vai ser a última pergunta. Quais são os planos de vocês dois para o futuro?

DJ Cinderela: Eu passei nos vestibulares de Produção Fonográfica e Arqueologia. Então no ano que vem vou começar as duas faculdades. Mas aos fins de semana e durante as férias, espero continuar acompanhando o Fredy nos shows!

Fredy Prince: E eu espero que em outros lugares também... Sobre meus planos, quero continuar tocando e compondo. Acho que inspiração é o que não vai faltar!

Belinha: Muito obrigada pela entrevista! Para finalizar, será que você pode tocar uma versão acústica da sua nova música para o blog? Vou filmar para colocar no meu recém-inaugurado canal do YouTube! Minhas leitoras vão desmaiar!

Fredy Prince: Claro! Mas espero que só desmaiem depois de escutar a música toda...

E essa foi mais uma entrevista exclusiva do Fredy Prince (e sua princesa) para o *Blog da Belinha*! Espero que vocês tenham gostado! Nem vou contar pra vocês que em um momento de distração eu os peguei de MÃOS DADAS! Porém, quando viram que eu estava olhando, logo disfarçaram e fingiram que ela estava apenas tentando tirar um calo da mão dele... Mas depois eu observei que ele não tem calo nenhum, a mão do Fredy é macia como a de um bebê! E querem saber mais? Quando ele tocou a música, ficou olhando pra ela o tempo todo, que por sinal só ficava suspirando com a maior cara de apaixonada... Tão fofos!!

Ai, ai, espero algum dia também viver um amor recíproco assim. Afinal, não é isso que importa? Encontrar alguém que goste de nós como realmente somos...

Bem, chega de sonhar! Aí está a nossa "serenata" exclusiva. Não se esqueçam de seguir o canal e dar um joinha no vídeo!

E, para quem quiser cantar junto, aqui está a letra!

Até breve!

Belinha

PRINCESA POP (Fredy Prince)

Ela dançava tão sorridente, diferente, de vestido e All Star.

Ele era um príncipe irreverente e de repente viu tudo mudar.

E agora onde você andará? Já tentei, mas não sei onde te achar.

Olhei na rua, na Lua, em todo lugar. E além...

E agora onde você estará? No meu sonho continua a dançar.

Nesse ritmo que eu quero acompanhar, meu bem.

Ele era um príncipe inconsequente e por acidente a olhou.

Ela curtia um pop meio adolescente, quase displicente, e o encantou.

E agora onde você andará? Já tentei, mas não sei onde te achar.

Olhei na rua, na Lua, em todo lugar. E além...

E agora onde você estará? No meu sonho continua a dançar.

Nesse ritmo que eu quero acompanhar, meu bem.

Agora eu só quero te amar. Te encontrei e nunca mais vou te deixar.

O seu ritmo eu vou acompanhar, meu bem.

E agora só comigo vai dançar. Dessa vez sou eu que vou te escoltar.

Essa princesa pop é minha e de mais ninguém...

Este livro foi composto nas tipologias Adobe Jenson Pro, Adorn
Ornaments, AnkeHand, Averia Serif, Azedo, Baskerville, Bernard
MT, Bodoni Classic Chancery, Bodoni MT, Cancellaresca,
Courier New, Felt Tip, Giddyup Std, Helvetica Neue Lt Std,
Trebuchet MS e Verdana e impresso em papel offwhite,
no Sistema Cameron da Divisão Gráfica da Distribuidora Record.